新潮文庫

コラムの冒険

―エンタテインメント時評 1992～95―

小林信彦著

目次

挿画　和田誠

コラムの冒険

——エンタテインメント時評　一九九二〜九五——

はじめに

この本におさめられた八十の時評は、一九九二年十月から九五年十一月まで、「小林信彦のコラム」のタイトルで、中日新聞に連載されたものです。ひとことでいえば、映画・舞台・テレビ・ラジオといった視聴覚文化（死語ですが）の時評ですが、単行本にも触れております。

新聞に書いたものではありますが（ですから説明的にするべく心がけましたが）、そのわりに、マニアックというのでしょうか、かなり調べて、たとえばの話ですが、映画のコメディとはなにか――だけではなく、その歴史にも読者の目が届くように配慮いたしました。

一方で、クリント・イーストウッドから新人タランティーノまで、新しい発見をするべく努力したつもりです。

1992

1 二つの悪女映画

自由業とは名ばかりで、まことに不自由な日々を送っている。なにしろ、自由な時間がない。

映画の長さは二時間ぐらいとしても、映画館への往復や混み具合を考えると、出かけるのが半日仕事になる。

アメリカで話題になったので、「氷の微笑」を見に行った。混んでいますというので、指定席（二千八百円は高すぎる！）を求め、中に入ったら、客席はガラガラ。サギにあった気分であった。

日本ではシャロン・ストーンの〈ヘア〉が一瞬見えるとかいうのが話題だが、アメリカでの話題は——

1、脚本料が史上最高の三百万ドル（当時のレートで約四億円）であること

2、犯人がわからない

3、バイセクシュアルの女性を差別している
という点にあった。

つまり、犯人が容易にわからないほど上出来な脚本、ということである。ミステリ好きの一人として、これは放っておけない。

「氷の微笑」はアメリカ映画の伝統の一つの〈悪女ミステリ〉であって、容疑者は女性三人である。三人のうち二人が殺されてしまえば、残った女が犯人に決まっている。実にありふれた通俗犯罪ものであった。(それなのに、プログラムを見ると、映画ライターが犯人をまちがえていた!)世間では、この映画の犯人がわからなかったという人が多いらしい。困ったものだが、しかし脚本も下手なのである。〈脚本料が三百万ドル〉という宣伝にひっかかると、脚本の不備を指摘できなくなる。

CNNによれば、この映画の宣伝を担当したのはアメリカでもっとも辣腕《らつわん》の宣伝チームとのことで、映画のマイナス面を逆用した宣伝をおこなったとおぼしい。しかしショウビジネスというのはサギすれすれとぼくは思っているから、ひっかかったこちらが負けである。

〈悪女ミステリ〉の歴史は古いが、近年のハリウッドでの流行は「白いドレスの女」(八一年)あたりからだと思う。このジャンルは女優が決め手で、昔だったらラナ・ター

1992

ナー、近くはキャスリーン・ターナーなら、まず外れがない。

「愛という名の疑惑」（九二年）は邦題で損をしているが、悪女物としては「氷の微笑」などとはケタがちがう上出来のエンタテインメントである。

主演女優はキム・ベイシンガー。映画を見る回数がへっているぼくが、彼女の映画はほとんど見ている。いい女ですね。彼女の魅力に吸い寄せられてゆくのがリチャード・ギアで、この二人は「ノー・マーシイ／非情の愛」（八六年）で呼吸《いき》の合ったところをみせていた。数年前までイケイケ男専門だったギアが今回はまるで高倉健。キム・ベイシンガーの攻めの演技をがっちり受けとめ、地味な芝居をしている。

ミステリだから筋はいっさい書かないが、事件が一件落着したあとで、ドンデン返しになるのがうまい。しかも、そうなる伏線はちゃんと、というか、綿密に張ってある。この脚本（ウェズリー・ストリック）はかなり練ってあります。

「氷の微笑」がバカげているのは犯人に犯行の動機がないことである。しかし、「愛という名の疑惑」では明々白々な動機があり――そんなことよりも、前半の、可憐《かれん》と申しましょうか、男なら誰でも助けてあげたくなるキム・ベイシンガーの表情が、後半になると一変するのが（アタリマエのことだが）、よろしかった。ビデオじゃなくて、映画館まで出かけてゆくって、そういうことでしょ？　つまり映画館はヒソカにヨコシマな気分をたのしむところなのだと思います。

2 ジーナ・デーヴィスに乾杯

野球をあつかったアメリカの喜劇で「春の珍事」（一九四九年）というのがあった。〈春の珍事〉というコトバは今でもスポーツ紙でよく使われるが、語源はそこにある。野球狂の化学教師が木材をきらう薬品を発明し、これをボールに塗ると、ボールがバットをよける。もともと大リーガー志望だった教師はプロに入って、夢の活躍をする。「春の珍事」はそんな話だった。

原題が面白い。「春にはいつも起ること」。こんなことが〈起る〉はずはないのだが、選手志望だった教師がプロ野球開幕シーズンになると教壇でおちつかなくなる姿、そこに〈いつも起ること〉がかけてあった気がする。春になって、野球ファンがワクワクする感じがよく出ている。

アメリカ映画は野球をあつかうと、七、八十パーセント成功する。シリアス、コメディ、どちらでもそうだ。

1992

シリアスものでは、古くはゲイリー・クーパーの「打撃王」、近くは「ナチュラル」、ともにケヴィン・コスナーが出た「さよならゲーム」「フィールド・オブ・ドリームス」。コメディでは、なんといっても、(ミュージカルと頭につくが)「くたばれ！ヤンキース」(五八年)が傑作で、未見の方は、LDを入手してごらんになることをおすすめします。近年の「メジャーリーグ」も悪くはないが、ラストの盛り上げに不満がある。イニングごとの進行をこまかく見せてくれないのです。すぐれた野球映画は、クライマックスの一球一打をていねいにみせてくれるのが特徴である。

さて、最新作の「プリティ・リーグ」。

ひとことでいえば、第二次大戦下、男の選手が戦場へ行ったアメリカで、女性のプロ野球チームができた。その実話にもとづく女性野球映画である。野球、女性、ノスタルジーと、三つそろえばヒットするさ、という人もいるが、そう単純なものではない。

アメリカではマドンナが出ていることで話題になったが、日本人にとっては、どうってことはない。それより、「偶然の旅行者」(八八年)でアカデミー助演賞をとり、「テルマ&ルイーズ」(九一年)で無邪気な人妻を快演した昇り坂の美女ジーナ・デーヴィスの初主演、これがポイントである。

牛の乳しぼりのカントリー・ガール姉妹が、キャッチャー(ジーナ・デーヴィス)、ピツチャー（ロリー・ペティ）としてスカウトされる。大柄で（じっさい百八十三センチとか）実力のある姉とコンプレックスに悩む妹の戦いというタテ糸がいきなり準備される。チームの練習が始まると、大リーガーくずれの飲んだくれ監督が登場する。「がんばれ！ベアーズ」のウォルター・マッソーを思わせる監督役はトム・ハンクス。夫が出征中の名キャッチャー、ジーナ・デーヴィスに惚《ほ》れて、酒をたってしまう。これが横糸である。

山あり谷ありで、ラストは一九八八年、野球の殿堂クーパーズタウンに一同が集まるシーンで終る。今でこそコメディの名で片づけてしまうが、昔は、こういうのを〈ハートウォーミング映画〉といった。笑わせ、泣かせて、観客の気持を暖かくさせる本当のアメリカ映画。監督は「ビッグ」「レナードの朝」のペニー・マーシャル女史である。

女性監督だから、といってよいだろうが、チームの女性群像がこまかくよく描けている。残念なのはトム・ハンクスで、飲んだくれからまともな監督に変化してゆくプロセスの演技にメリハリがない。中年期のジャック・レモンやロビン・ウイリアムズなら、と思わざるをえないが、ま、「ビッグ」がヒットしたから、こういうことになるか。人妻への想《おも》いにも、なんか哀愁がないのですね。

ともあれ、一見をおすすめしたい秀作であります。

1992

3　小林旭《あきら》の〈伝説〉

現在のように、映画館に客が入らなくなり、ビデオで〈新作〉を見る人が圧倒的に多くなると、こうしたコラムも、変わらざるをえない。（ただし、ビデオ屋のピークは一九八八年ごろで、いまや激減し、わが家の近くでは旧作が百五十円、新作が三百円であるが、それでも映画館よりは景気がいいわけだ。）

たとえば、小林旭久々の主演映画「修羅の伝説」（和泉《いずみ》聖治監督）は封切当時さほど評判にならず、一部の愛好者だけがホメていたが、ビデオ化されると、回転率ベストテンの五、六位に入る。ビデオ化を計算して製作されたことがわかる。

ぼくは「修羅の伝説」（東映）をホテル・ムーヴィーで見た。

ホテル・ムーヴィーとは、シティ・ホテルのテレビで見られる映画であって、アクション物、ポルノなど四本から六本をとりそろえ、見たい作品の番号を押すと、料金が加算される仕組になっている。一本千三百円ぐらいだから安くはない。

「修羅の伝説」は予想していたよりも面白かった。骨組は古典的やくざ映画で、落ち目の組の古風な親分（三木のり平！）が殺され、若頭の小林旭が組を支える。企業や政治家がからむが、物語が新潟から始まり、佐川急便事件を連想させるのが目新しい。旭の妻が秋野暢子《ようこ》なので笑ってしまい、これは明らかにミスキャストだが、愛人が東南アジアの娘なのが今様で、妙にクールなやくざとして一場面だけ登場するビートたけしにもリアリティがあった。

つまりは、六〇年代のやくざ映画に、七〇年代の実録ものの衣を着せたもので、和泉聖治監督の職人仕事はもっと評価されていいと思う。

それにしても、小林旭は若い。

高倉健に次ぐ最古参スターだが、人気を得たのは一九五〇年代末、高倉健より古い。

小林旭は、いわゆる渡り鳥シリーズ、流れ者シリーズで人気爆発する前に、「女を忘れろ」（一九五九年一月）というノー・アクションの佳作がある。

これは愛する女（浅丘ルリ子）のために、政界の黒幕（金子信雄）に身を売る青年の話で、諜報《ちょうほう》機関の一員としてバンコックに旅立つ。女を助けるために男が身売りするというプロットも珍しいが、やせて、たよりない二枚目だった旭のパセティックな感情が盛り上がって、映画が終る。ビデオが出ていないので、見かえせないが、二十代半ばだった

1992

ぼくは大いに感心し、小林旭のファンになった。

旭のファンは玄人《くろうと》筋に多く、故浦山桐郎《きりろう》が「私が棄《す》てた女」(六九年)を旭の主演で企画したことは、浦山さん自身からきいた。

小林旭は〈アクション・スター〉だけではない。七〇年代に入ると、東映の「仁義なき戦い」(五部作)の三部、四部、五部で、演技派としての真価をみせる。

テレビドラマに出るチャンスはいくらでもあったが、〈主演でなくては〉という理由で断った噂《うわさ》をきいた。また、小林旭をあてこんで笠原和夫が書いたプロ野球選手のドラマは、スケジュールが合わず、山城新伍《しんご》が演じた。

八〇年代はほとんど歌手として過ごした。「熱き心に」を作曲した大瀧《おおたき》詠一は熱狂的な旭ファンだが、スタジオで小林旭をみた時にふるえたと語った。いずれにせよ、〈映画スター〉のイメージをこれだけ頑固に守っているのは、ほかに渥美《あつみ》清と高倉健しかいない。(この三人に共通しているのは日本映画の黄金時代を知っていることである。)

九〇年代に入って、小林旭は「修羅の伝説」で孤軍奮闘し、来年はNHKの大河ドラマに出るときいている。演技者としての旭を、もう一度、初期から検討してもよいのではないか。美空ひばりを妻にしていたことだけみても、そうとう凄《すご》い人だと思うのですが。

4　ビリー・ワイルダー　86歳

テレビではどんなデタラメを言っても許されるのか、衛星放送での映画解説（?）はかなりデタラメである。そもそも映画評論家そのものが五人くらいしかいない国なのに、〈映画解説〉をやたらに増やすから、こういうことになる。

ひとことでいえば、〈テレビの映画解説〉などいらないのである。こんなものは日本にしかないんですよ。どうしても、というのなら、その映画にぴったり、という人を（金を積んで）連れてくるんですな。ヒッチコックだったら双葉十三郎《じゅうざぶろう》さんとか、ビリー・ワイルダーだったら和田誠さんとか。

こういう非文化国家、文化的発展途上国においては、まあ、スピルバーグとかゴジラといったお子様ランチが向いているのである。じっさい、その程度の観客なのだ。

その国において、モーリス・ゾロトウの『ビリー・ワイルダー・イン・ハリウッド』（日本テレビ）が全訳されるってのは、かなり、フシギな現象である。ビリー・ワイルダーについては、アメリカでさえまともな評論がないのに、伝記が出てしまうとは極端だ。この伝記はとにかく長い。ぼくは原書を読みかけて、投げた。翻訳は丹念なものだが、日本語でも、読むのに四、五日かかった。

映画監督ビリー・ワイルダーを世界中で初めに愛したのは日本人ではないか。

一九〇六年、オーストリアで生まれたビリー・ワイルダーは少年時代にひどい飢餓を体験する。唯一《ゆいいつ》の救いはアメリカ映画であり、ジャズであり、ヒットポップスであった。外見はオーストリア人であるが、中身はアメリカ人というユニークな人間がここに生まれる。(このキャリアだけで、戦後の日本人に愛された理由がもろにわかる。)

ゾロトウの本は、ナゾとされていたワイルダーの青年時代を発掘したことだけでも貴重であるが、新聞記者、フリーライター、ジゴロ、シナリオライターを経て、ヒットラーの台頭とともに、一九三四年にハリウッドに渡る。

コロンビア映画と契約するが、シナリオをいくら書いてもボツにされ、チャールズ・ブラケットとコンビを組んだのが一九三六年。エルンスト・ルビッチの「青髯《あおひげ》八人目の妻」のシナリオを二人で書く。このコンビはルビッチの名作「ニノチカ」へとつづく。

ワイルダーは終生ルビッチを尊敬していたが、一九四七年十一月にルビッチは心臓発作で倒れる。——ここまでは通説の通りだが、ワイルダーはその場にかけつけ、居間の隅で泣いているブロンドの女を見つける。女いわく、「代金五十ドルをもらっていないの」――こういうエピソードはゾロトウならではのものである。

コメディの脚本家として軽視されていたワイルダーは「失われた週末」(四五年)、「サンセット大通り」(五〇年)の成功によってハリウッドに君臨する。そのころの王者ぶりはこの本によって初めてわかった。

「アパートの鍵貸《かぎ》します」(六〇年)のアカデミー賞を最後に、ワイルダー株は急下降する。ワイルダーのシニシズムは、なぜか、批評家の大半を敵にまわしてしまった。もっとも、ワイルダーは大衆の支持によってやってこられた人で、批評家と大衆の支持を失っては、生きていけない。「ねえ!キスしてよ」(六四年)のあと、ワイルダーは自殺を思いつめる。

アメリカでワイルダー評価のきざしが見えてきたのは八〇年代からで、それも〈スクリューボール・コメディの名脚本家〉としての面が大きい。

その点、ぼくたちは少しは先見の明を誇ってもよいのではないか。そのうち、おフランスの批評家がホメようものなら、世界中がワイルダーばんざいと叫びそうな気がする。

1992

5　アルトマンの秀作「ザ・プレイヤー」

近々封切られる映画の中で、映画ファンにもっとも好まれそうなのが、ロバート・アルトマン監督の「ザ・プレイヤー」である。

ロバート・アルトマン、六十七歳。日本でいえば、岡本喜八監督の同世代人だ。処女作は一九五五年だが、それからずっとのち、「M★A★S★H（マッシュ）」によって一九七〇年のカンヌ・グランプリを得た。その後、「ギャンブラー」「ロング・グッドバイ」「ボウイ&キーチ」といった作品は、〈ニューシネマ・ブーム〉の中で日本でも公開されたが、年齢的にいっても、アルトマンは〈ニューシネマ〉の人ではない。一世代前の人なのだが、感覚がオフ・ビートなので、錯覚された。「ナッシュビル」（七五年）という秀作あたりで、日本では、アルトマンの名が消えた。あまりにも、当たらなすぎたのである。

「ザ・プレイヤー」がアメリカでヒットし、カンヌで監督賞、主演男優賞を得たために、アルトマンはよみがえった。ぼくはこの映画をニューヨークの大きなスクリーンでみてびっくりした（なぜびっくりしたかは映画をみればわかる）のだが、いろいろあって、ようやく日本でも公開される運びとなった。

十一月末に東京の試写室の小さなスクリーンでスーパー入りの「ザ・プレイヤー」をみたのだが、プレス（パンフレット）をひらいても、どうでもいいことしか書いてない。スタッフ、キャストの名など少ししかのっていないし、映画のディテイルのつまらないことしか書いてない。配給会社が映画のセールスポイントを把握していないのであろう。

アメリカの新聞でみた広告には、題名と首吊《つ》りのナワの絵と、〈ブラック・コメディ〉という意味の文字しかなかったと思う。すでに、カンヌで賞をとっていたが、カンヌのカの字もありゃしない。

この映画はアート・フィルム配給の映画館で上映されており、マンハッタンで三館（九二年六月現在）だったが、それにふさわしく、内容をいっさい明かさない広告である。この映画の宣伝はそうでなければならない。

だから、ぼくも、ご一見あれの一言で、文章をやめてしまえばよいのだが、悲しいかな、極東の文化低国に生きているのであり、映画の発端ぐらいは触れないわけにいかないだろう。

映画会社の若き大物グリフィン・ミル（ティム・ロビンズ）は多忙でゴウマンなせいもあって、シナリオライターたちに憎まれている。脅迫状が次々にとどき、だれが脅迫してくるのかをつきとめようとする。無名のシナリオライターに会い、アクシデントがあって、つい相手を殺してしまう。当然のことながら警察の手がのびてくる。

二時間数分の映画で、ここまでが約三十分。グリフィン・ミルには社内のライバルがおり、しかも刑事（ウーピー・ゴールドバーグ）の取り調べをうける。さあ、どうなるか、という〈ハリウッド内幕暴露映画〉、しかも、毒のあるコメディである。

ぼくたちからみれば、面白さは二つある。一つは、巻頭の長まわし（約八分）を代表とするアルトマン演出の名人芸である。この名人芸は途中で少しダレるが、ラストまで持続する。

もう一つは、数えきれぬほどの本物のスターの出演で、アルトマン人脈の広さがうかがえるが、ラストのギャグ（日本の映画ライターが平気でこれをバラすのはやめてもらいたい）にいたって、それが単なるシャレではないことがわかってくる。アルトマンはこのギャグで、〈ハリウッド映画のハッピーエンドはインチキだ〉といっている。にもかかわらず、「ザ・プレイヤー」はある種のハッピーエンドで終る。つまり、このハッピーエンドもインチキなのだ、とアルトマンはせせら笑っているのである。

6　演技者・大竹まこと

〈笑い〉の世界に新しい才能が出なくなって久しい。

うんざりするようなメンバーがいまだにテレビを占領しているのは、いやなら見るなといわれるかも知れないが、面白くない。

日本版「サタデイ・ナイト・ライヴ」のつもりだったのかも知れない「オレたちひょうきん族」の生き残りメンバーでは、なんといっても島田紳助が光っていて「あぶない話」（フジテレビ）と大阪版「ＥＸＴＶ」（日本テレビ）、さらに「サンデープロジェクト」（テレビ朝日）では硬派の司会を学んでいて、むかし、最盛期のビートたけしが「怖いのは紳助だけ」と言いきった言葉を裏付けつつある。

この系列とは別に登場した〈とんねるず〉がテレビを制し、大阪ローカルだった上岡《かみおか》龍太郎《りゅうたろう》が東京を仕事場にした。

一九九二年末のテレビ界の〈笑い〉は、依然として、上岡、紳助、〈とんねるず〉によって代表され、若手は男がぜんぶ駄目で、森口博子の物真似《ものまね》（かつては工藤静香《しずか》、今

1992

は牧瀬里穂をやる）と動き（ドリフ調でやるエアロビックスなど）が光っている――ということになる。

そこで、大竹まことである。

あれはいつのことか、「お笑いスター誕生」という番組に大竹まことをふくむ三人組（シティボーイズ）が登場したとき、〈狂気〉を絵に描いたような大竹のキャラクターにびっくりした記憶がある。体型は二枚目で顔はグルーチョ・マルクスそっくり、個性がギラギラしていた。

初めて会ったのはぼくの「唐獅子《からじし》株式会社」を銀座の小さな舞台で上演したときで、十年ぐらい前になるか。大竹まことが主役を演じ、親分が荒井注というキャスティングが、あまりにもテレビ的で失笑したが、素顔の大竹はシャイな人物で、たしか新劇出身だった。

一九八九年五月、小説の取材のため、パラオに行った。パラオへは直行便がなく、グアム島で乗りかえになる。その待ち時間が五時間もあり、いらいらしていると、大竹まことにそっくりな人がいた。そっくりではあるが、トレードマークのひげがないので、人ちがいかも知れない。

双方気がついていて、大竹まことらしき人は「……ですね」と私に言った。……の部分は〈小林さん〉が略されている。やっぱり、大竹まことだった。

彼は「マリアの胃袋」という映画の撮影でサイパンへ行った帰りだった。一時間ほど話をしたが、「柄本《えもと》(明)が好きなので、出たんです」とつぶやいた。日本でのテレビの仕事とサイパン・ロケのかけもちは大変だろうとぼくは思った。

「EXTV」では上岡龍太郎が大竹まことの個性をうまく生かした。大竹まことなら今の東京の芸人の代表といわれても納得できるし、意見を述べればきわめてマットウである。

そういう大竹をさらにうまくきわだたせるのが「上岡龍太郎にはダマされないぞ!」(フジテレビ)であり、上岡は司会に徹して、大竹がケント・デリカットその他を怒鳴って笑わせてくれる。必ず立ち上がって怒るのがスティーヴ・マーティンを連想させる。生放送のときは(と条件をつけるが)、かなり面白いトーク・ショウといえる。

先ごろNHKの経済ドラマに不気味なヘッドハンター役で出ている大竹を見て、この人は中条《ちゆうじよう》静夫の線をいくのではないかな、と思った。

中条はテレビドラマ「6羽のかもめ」(七四年)で突然面白くなり、以後、〈滑稽《こっけい》な上司〉役を洒脱《しゃだつ》に演じるようになった。このとき、中条は四十代の終わりであり、テレビに欠かせない脇役《わきやく》となった。

大竹まこともそんな風になるのではないか——と、ぼくは考えている。

1993

7 一九九三年正月の感想

正月を迎えて……といっても、テレビも映画も変わりばえがしない。

正月だからといって張りきって作品を作る気分がないのは事実としても、もっと別な要素があるのではないか。全体が無気力になったのは偶然ではないと思う。

かつては(三十年以上まえだが)、正月のエンタテインメントの王者は映画だった。一九六〇年ぐらいからテレビは〈映画に追いつけ追いこせ〉と頑張った。人々は正月の三日間、テレビをみて、四日、五日ぐらいから映画館へゆくようになった。

日本映画の衰退をテレビのせいだけにするのは本当はゴマカシなのだが、まあ、それはいいとしよう。テレビは映画に勝ったけれども、実は〈映画界からきた人〉の方が尊敬され、ギャラも高かった。映画界では三流の脚本家でも、テレビ界にくると、テレビ出身の脚本家よりギャラが高い。役者のギャラも同じこと。テレビ界にはそういうコンプレックスがあった。

日本人のエンタテインメントの王者になったテレビは、七〇年代から崩れ始める。テレビ初期のパイオニアたちが役員になったり、転職したりして、〈給料がよいために入社してきた〉サラリーマンが第一線に出てきたためである。テレビが育てた脚本家（倉本聰、山田太一ら）が活躍し、ドキュメンタリーに収穫があったにせよ、芸能ジャンルとしての衰退は否定できない。

八〇年代に入ると、「ニュースステーション」に代表されるニュース・ショウと、（テレビの初期からあった）スポーツ中継が中心になってくる。ヴァラエティ・ショウは劣悪になり、クイズ番組がさかえる。――バブルがはじけ、九〇年代の不況がくるまでの大筋はこうである。

日本映画は（ごく一部のすぐれた才能を除いて）、テレビのためのソフトの供給源でしかなくなった。いまや、映画を作ろうとすると、ビデオ化の話と金が先にきてしまうのだから、ソフト不足がうかがえる。

衛星放送が始まると、イコール、映画の買いつけ競争になった。しかし、買いつけた映画の使い方、見せ方は、ＮＨＫもＷＯＷＯＷ（日本衛星放送）も呆《あき》れるほど下手だ。

まず、新作映画をみるためにＷＯＷＯＷと契約する映画好きはいないと知るべきだろう。新作はレンタルビデオですむ。ＷＯＷＯＷの〈売り〉は、日本未公開の映画、あるいは四十年近くまえのミュージカル映画にあったはずだ。

1993

ところが、「いつも上天気」のような〈もう一度みたい〉ミュージカル映画を朝の八時からやっている。家庭の主婦だって、これは見られない。つまり、プライム・タイムに新作（こんなものはレンタルビデオで安く見られる！）をやり、こっちの見たい映画を早朝と夜中にやるという番組編成がとんでもない間違いなのであり、〈作品の売り方〉が悪いから経営も悪化した。

　このようにみると、テレビか映画かという画然たる区別は、見る側からすれば、とっくに消滅している。映画でなければ、というスターも数えるほどしかいない。現在の風潮をいえば（これはあるスターに打ち明けられたのだが）、ヤクザ役や汚れ役をやると、テレビＣＭ出演にさしつかえるのである。安いギャラで映画に出てＣＭを失うよりも、トレンディ・ドラマでそこそこ見られていて、ＣＭ数本が安泰のほうがいいというのは、生活問題として当然だ。

　こうした状況の中では、地味な映画に着実に出て、ＮＨＫの「ひらり」に出て、ＣＭの目立つ石田ひかりが点数を稼ぐのは当然である。めったにない例なのだ。永瀬正敏《まさとし》や後藤久美子もこの特例グループに入る。

　日本映画は底なし沼に沈みつつある。テレビも決して安心してはいられないのが、一九九三年である。

8 〈ルビッチ〉ブランドにご注意

〈ルビッチ生誕百年祭〉という名目で、故エルンスト・ルビッチ監督の三本の映画が公開されている。なにしろ、グリフィス、チャップリンとならぶ〈映画史上の巨人〉である。当然のことながら、サイレント時代に頂点に達しており、トーキーになってからの作品は〈下降期〉という説さえある。

ついでに、ルビッチ自身がトーキー時代のベスト3として認めている作品を記しておこう。

「極楽特急」(三二年)
「ニノチカ」(三九年)
「桃色《ピンク》の店(別題名「街角」)」(四〇年)

の三本である。(ルビッチはこれに自伝的な「天国は待ってくれる」をつけ加えて、〈四本の傑作〉と考えたがっていた。)

1993

いずれにせよ、「天使」(三七年)、「極楽特急」、「生活の設計」(三三年)の三本がスクリーンで公開されるのはけっこうなことである。

「天使」を上映している渋谷のホールは映画館ではなかった。かなり荒れたスペースであるが、我慢することにした。だが、なんと！　上映時間一時間三十分の後半の画調が、前半より薄い、というか、淡いのである。

それで腹を立てていうのではないが、「天使」は作品としても弱い。当時、ディートリッヒは完全に落ち目であり、「嘆きの天使」「モロッコ」(ともに三〇年)のころの魅力を失っていた。ぼくは、敗戦後すぐに、ところも同じ渋谷で「天使」をみて、つまらなかった。今回も、ハーバート・マーシャルの演技だけはうっとりしたが、映写の状態が悪くてはハナシにならない。観客の多くはポカンとして、(これが噂《うわさ》に高いルビッチなのか)といった顔つきをしている。

映画関係の友人にきくと、映写上の単純な手抜きの結果らしいが、ひどい目にあい、千七百円、損をした。

「極楽特急」はビデオを二本持っているが、ルビッチがいう〈スタイルの頂点〉であり、この監督独自の省略法がぞんぶんに発揮された傑作である。

当時のハリウッドはヘイズ・オフィスによるチェックがやかましくて、ベッドシーンが描けなかった。そこで、ルビッチはタブーを逆用し、エロティックなシーン、ドラマティックなシーンをすべて間接的に描写した。時計の針やドアの動きで男女関係を暗示してゆく、のちに〈ルビッチ・タッチ〉と呼ばれる話法が完成し、「極楽特急」はその頂点、そして、〈ソフィスティケーテッド・コメディ〉と呼ばれるジャンルがここにスタートする。翌三三年に作られた「生活の設計」は、ゲイリー・クーパー、フレデリック・マーチの男二人とミリアム・ホプキンスの同棲《どうせい》生活を描き、ノエル・カワードの原作戯曲とまるでちがうと評されたが、ぼくは非常に面白かった。

「極楽特急」は所詮《しょせん》、〈泥棒喜劇〉なのだが、男二人女一人の仲の良い三角関係を描く「生活の設計」は現代に通じるものがあるからだ。映画の評価の微妙さ、むずかしさがここにある。

さらに、「ニノチカ」をみれば、ここに描かれているソ連の民衆の生活が今日のロシアとあまりにも変わらないことに呆然《ぼうぜん》とする。ルビッチは〈諷刺《ふうし》において「ニノチカ」にまさるものはなく、政治諷刺とロマンティック・ストーリーのブレンドに成功した〉と自負しているが、正にその通り。「天使」ではまあまあだったメルヴィン・ダグラスが別人のようなプレイボーイぶりを見せる。

以上——くれぐれも〈ルビッチ〉というブランドにだまされないように。ルビッチだって、名作から駄作まで作っている。

1993

9　伊東四朗の想《おも》い出

情報誌「ぴあ」(二月二日号)の投書ページを見ていたら、年末年始のテレビ番組の中で〈きらめいていた芸人さんは、何といっても伊東四朗氏であった〉という意見があって、同じことを考える人もいるのだな、と思った。

伊東四朗(われわれは〈伊東ちゃん〉と呼んでいた)には十五年ぐらい会っていないが、文化放送の土曜日午前九時から四時間の番組「伊東四朗のあっぱれ土曜ワイド」があって、これをきいていると、伊東四朗の長くはば広い芸歴がわかる。人見明、石坂浩二といった人たちと深い想い出話ができる人はそうはいない。

うちの大学生の娘は、クレイジー・キャッツはもちろん、ドリフターズの最盛期も知らない。しかし、伊東四朗・小松政夫のコンビや、例の「電線音頭」は覚えている。いまの二十代にとっての〈なつかしの笑い〉は、「笑って!笑って!!60分」(TBS)や「みごろ!たべごろ!笑いごろ!」(テレビ朝日)の伊東・小松のコンビなのだ。

伊東四朗には『俺の三波伸介』という著書があり、〈てんぷくトリオ〉結成のいきさつが書いてある。

トリオ・ブームで売り出した〈てんぷくトリオ〉が生きのびたのは、日本テレビの「九ちゃん！」のおかげ、それも井原高忠《たかただ》プロデューサーの判断による、と伊東四朗は書いている。

『日本の喜劇人』（新潮文庫）にぼくも書いているが、関係者として、もう少し補足すると、一九六五年（昭和四十年）秋にスタートした「九ちゃん！」（日本テレビ）は半年だけの予定だった。

「短期決戦ですからね、タレントを育てているよゆうはありません。アタシは〈てんぷくトリオ〉の練れた芸を買います。それに……あの連中、なんか、おかしいじゃない？」と井原プロデューサーはぼくに言った。

とにかく「九ちゃん！」はスタートし、〈てんぷくトリオ〉にバタくさい芸を要求して、半年の予定が、なんと三年つづいた。

三年のあいだに、ぼくをふくむ作家陣、ディレクターは伊東四朗のファンになってしまった。江利チエミがゲストの時があり、伊東四朗がうたうのをきいて「あら、あの人、うまい」とつぶやいた。井原さんからぼくが直接きいたのだからまちがいない。

三年後に、番組は「イチ、ニのキュー！」と名前をかえ、さらに半年つづいた。レギユラーは、坂本九、小川知子《ともこ》、伊東四朗の三人で、小川知子は〈おかしいアイドル〉、伊東四朗はバタくさいコメディアンとしての起用だった。伊東四朗の顔は（当時は）特徴がないので、黒ぶちメガネをかけてもらっていた。（正月のテレビで、この時の一シーンをみたが、伊東四朗は三十一歳だったのだ。）

それだけ内輪にウケながら、伊東人気がブレークしなかったのは、当人の性格にもよるが、やはり、〈てんぷくトリオ〉の一員だったから、というに尽きる。「植木（等）さんの次は伊東ちゃんなのになあ」と、ぼくたちはつぶやいていた。

たしかに、伊東四朗の〈おかしさ〉を語るのは、むずかしい。彼はまず舞台俳優であり、ミュージカル・タレントであり、時代劇ができ、コントができ、映画のバイプレイヤーでもある。といって、器用貧乏というわけでもない。三宅裕司《みやけゆうじ》との〈すぐ歌をうたい出すコント〉を想い出せば、笑いのコツ、間《ま》とタイミングのうまさは天下一品である。

その伊東四朗が東京宝塚劇場の二月公演「玄丹お加代」で主役を演じる新聞広告を見た。どうやらラジオを休むらしい。

四十代の〈映画批評家〉が、三木のり平とやった舞台の「雪之丞《ゆきのじょう》変化」を見て、伊東四朗は歌がうまいと書いたのを見て、失笑したおぼえがある。伊東四朗は奥の深い芸人なのだ。

10 服部《はっとり》良一追悼

日本のポップスの父、あるいは祖父ともいうべき服部良一が一月三十日、呼吸不全で亡《な》くなった。

お身体《からだ》が悪いことは、ずいぶん前からきいていた。ぼくは『植木等と藤山寛美』（新潮社）という本を出版しているが、このとき、笠置《かさぎ》シヅ子についても調べかけており、さまざまな事情でやめた。笠置シヅ子の育ての親である服部さんの話をきくのが不可能というのも、やめた理由の一つだった。

服部良一は日本のアーヴィング・バーリンかコール・ポーターというべき存在だが、そういう評価が出てきたのは、ここ十年ぐらいだったと思う。ニューミュージック系のミュージシャンたちが、自分たちのルーツを辿《たど》ったとき、服部良一につきあたったとおぼしい。

服部良一は『ぼくの音楽人生』（日本文芸社）という自伝を十一年前に出しており、いろいろな人との出会いを描いているが、巻末に〈主要作品リスト〉があり、大正十三年

1993

（一九二四年）からの作品がならんでいる。これを見ると、服部良一の名作は昭和十年代、二十年代の二十年間に生み出されているのがわかる。

この二十年間は、ぼくの幼年期から大学生のころまでである。

スキャットの入った「山寺の和尚《おしよう》さん」や「センチメンタル・ダイナ」は子供のころの記憶だ。「別れのブルース」「雨のブルース」「一杯のコーヒーから」「チャイナ・タンゴ」「湖畔の宿」「蘇州《そしゆう》夜曲」「小雨の丘」「アイレ可愛《かわい》や」などが昭和十年代に作られている。

服部良一はアンドリュース・シスターズの「ブーギー・ウーギー・ビューグル・ボーイ」の楽譜を昭和十七年ごろ入手した、と書いている。日米開戦の翌年である。エイト・ビートのリズムに胸おどらせたとは、いかにも元ジャズマンらしいが、日本が敗《ま》けた翌年、昭和二十一年に、戦時中からの仲間、笠置シヅ子で「神戸ブギ」を出している。これがブギの第一号で、翌二十二年、「東京ブギウギ」が出る。

「胸の振り子」や「夜のプラットホーム」のような佳曲よりも「東京ブギウギ」が話題になったのは、〈メロディよりリズム〉という服部イデオロギーにぴったりの笠置シヅ子の唱法に負うところが大きい。

黒澤明の映画「酔いどれ天使」（四八年）の中の「ジャングル・ブギ」のシーンが、うたい踊る笠置のエッセンスを今日に残しているが、笠置シヅ子の数多い主演映画の中には、「買物ブギ」その他がふくまれているので、アンソロジー・ビデオができるとよいと思う。テレビの追悼番組はそこまで手が届かず、また、存在することも知らないのかも知れない。

高校時代のぼくは日本の歌謡曲をケイベツして、進駐軍放送ばかりきいていた。だから、そのころのポップス（たとえば、「モナリザ」）は、歌詞までおぼえている。

そういうぼくに、同じポップス少年の一人が、日本にもこういう歌があるといって、「東京の屋根の下」を教えてくれた。作曲は服部良一、歌は灰田勝彦。ブギに食傷ぎみだったぼくも服部良一に敬意を抱き、日本人のポップスに注意するようになる。

「東京の屋根の下」で泣かされるのは、

なんにもなくてもよい

口笛ふいてゆこうよ

（詞・佐伯《さえき》孝夫）

というフレーズで、じっさい、当時の東京にはなんにもなかった。コーヒーを飲もうとすれば〈無糖〉で、甘み（サッカリン）を入れてもらうのに、別な料金が必要だった。

服部良一は〈戦時中〉〈戦後〉を代表する作曲家だった、と、つくづく思う。笠置シ

1993

ヅ子の最後のヒット曲と思われる「ジャ・ジャンボ」が昭和三十年。プレスリーの登場が翌年である。

11　もう一つの日本映画史

日本映画界は悲惨な状態なのに、映画の本がやたらに出る。

といって、そう売れるわけでもなく、初版が売りきれればいい、という程度である。しかし、三十年前には、映画の本は、売れても二千部どまりだったから、今はけっこうな時代といえる。

いまや、日本でもっともユニークな名画座、東京は大井の大井武蔵野《むさしの》館で〈第1回西河克己《かつみ》映画祭〉がおこなわれている。しかも、「俺の故郷は大西部」（六〇年）がニュープリントで上映されるというのが泣かせる。

「俺の故郷は大西部」は、同じ監督の「有難や節　ああ有難や有難や」とともに、怪作的カルト・ムーヴィーといえる。

そもそも、日活時代の西河克己がどういう存在で、どういう映画を作っていたかは、ぼくの『映画を夢みて』（筑摩《ちくま》書房）にくわしい。「俺の故郷は大西部」のこともくわし

1993

く書いてある。日活映画がまだ健在だったころ（六三年）に書いたもので、時代との併走感がある。

ついでに、「俺の故郷は大西部」について記すと、これは、ワイアット・アープの孫とクラントン（OK牧場の悪役）の孫が日本の大川牧場で対決するというムチャクチャな話だ。パロディではなく、まじめに作っているのが良い。

――で、この〈映画祭〉と呼応して、『西河克己映画修業』という本（ワイズ出版）が出た。この本がまた、ムチャクチャに面白いのだ。

西河克己は自分の人生を六十八点と評価している人で、同じアルチザンでも、森一生《かずお》あたりとちがう。みずから語っている通り、〈代表作〉がない。そこらが、ついうっかり秀作を作ってしまうマキノ雅弘《まさひろ》や森一生と一味ちがうのである。

西河克己の人生は三本立てになっていて、一本目が、戦時から戦後への松竹時代（一九三九年～五四年）。名助監督から一本立ちするまで。

二本目が日活時代（一九五四年～六九年）で、一般には、吉永小百合《さゆり》映画を作った監督とみられるだろう。ところが、B級アクション（「竜巻小僧」「有難や節」ほか）がぼくは好きだった。すべて、映画館でみています。

三本目はフリー時代（一九六九年～）で、これは山口百恵《ももえ》の映画六本で記憶されることになるが、小泉今日子の「生徒諸君！」や、オクラになっている伊東四朗主演の「スパルタの海」(戸塚ヨットスクールの話)もある。

ぼくは一映画ファンとして西河さんの作品が好きで、ぼくの小説の映画化でアイドル主演の場合は、西河さんはどうですか、と必ず関係者に訊《き》く。一面識もないのだが、プロとしての腕を信用しているのだ。だいたい、戦後の新生日活がまず西河克己ひとりを松竹から引き抜いたことで、信用度がわかるではないか。(このとき、山田洋次までが日活に入ろうかどうか迷ったことが、本の中で語られている。)

西河克己はどういう人かときかれれば、「有難や節」と山口百恵の「伊豆《いず》の踊子」を作った監督と、ぼくは答える。「有難や節」もニュープリントで上映して欲しい。(ついでに書けば、「俺の故郷は大西部」は石原裕次郎の金のかかった「闘牛に賭《か》ける男」のそえもので、一時間三分。)

『西河克己映画修業』には、映画ファンがのたうちまわるような裏話(中平康《なかひらこう》が浦山桐《きり》郎《ろう》をいじめた、とか)もつまっているが、松竹というシニセのカラーが実によくわかるのがありがたい。シンガポールのホテルにいる小《お》津《づ》安二《やすじ》郎《ろう》まで登場するのだから、映画史ですよ、これは。

1993

12 脚本・監督・主演＝ティム・ロビンズ!!

アメリカのスターは、若いころ、社会の反逆者の役で登場する。

ゲイリー・クーパー、ジェームズ・スチュアートの昔から、「ハイ・シエラ」のハンフリー・ボガート、「波止場」のマーロン・ブランド、「傷だらけの栄光」のポール・ニューマン、「狼《おおかみ》たちの午後」のアル・パチーノ……といった具合に、犯罪者だったり、弱者だったりする。弱者が体制に斬《き》りつけ、叩《たた》き伏せられる、というのが五〇年代以後のパターンであった。

新星ティム・ロビンズは、そこがちがう。

「さよならゲーム」(八八年)のバカみたいなピッチャー役は(キャッチャー役のケヴィン・コスナーにとって)加害者であり、「ザ・プレイヤー」のハリウッドの大物の役も加害者であった。

こんな風に初めから〈加害者〉として登場したのは「市民ケーン」のオーソン・ウェルズいらいではないだろうか。

ティム・ロビンズ脚本・監督・主演の新作「ボブ・ロバーツ」をＷＯＷＯＷのテレビ・ロードショーでみて、つくづく、オーソン・ウェルズに似ていると思った。

映画「ボブ・ロバーツ」はペンシルヴァニアの上院議員選挙の話だ。ボブ・ロバーツ（ティム・ロビンズ）はニュー・ライトというべき〈愛国的〉立候補者である。映画は、このボブ・ロバーツという、かなりいかがわしい人物をめぐるテレビ・ドキュメンタリーの形をとっている。（だから、これをテレビでみると、内容とつきすぎて、どうも具合が悪い。スクリーンのわくの中にテレビ・ドキュメンタリーがあるときの違和感が消えてしまうからだ。）

さて、ボブ・ロバーツだが、この人物は〈ラヴ・アンド・ピースの六〇年代〉が嫌いである。彼の母親は六〇年代の反戦運動家で、その反動か、彼は保守的、というより右翼的である。

しかし、古い右翼ではない。彼はフォーク・ソングの人気歌手であり、バイクに乗り、株でかせいでいる。生活スタイルはスマートである。しかも、子供のような顔をしていて、無邪気に笑う。

この〈童顔〉という点でも、オーソン・ウェルズに似ているのだが、ドキュメンタリーの形で主人公を追う手法は、「市民ケーン」の影響があると見てよいだろう。

ただ、「市民ケーン」が、ケーンの〈イノセント（無邪気さ）〉喪失というセンチメンタリズムを物語の内側にかくしていたのにくらべ、「ボブ・ロバーツ」には、そうしたセンチメンタリズムはみごとにない。（「市民ケーン」が世界的に人気があり、いまだに支持者が多いのは、なんといっても、あのセンチメンタリズムに負うところが大きい。）「ボブ・ロバーツ」にはセンチメンタリズムがない――どころか、乾いた嘲笑《ちょうしょう》だけがある。彼の歌はボブ・ディランのスタイルであり、川本三郎氏の指摘によれば、アルバムのタイトルからビデオ・クリップまで、ディランのもじりになっているという。たぶん、ぼくにはわからないユーモアが、もっと、いくつもあるのだと思う。

　ボブ・ロバーツの政敵（作家のゴア・ヴィダルが好演している）はなかなかタフなのだが、ロバーツは実に奇妙な形で選挙に勝つ。そして、ロバーツの汚点を追及していた男はあっさり暗殺される。

　ロバーツの〈暗殺未遂事件〉（おかげで人気が上がり当選できた）はかなり怪しいが、ビデオをリプレイしても真相はわからない。ここらもリアリティがあり、アメリカでの〈若い右翼〉の勝利で、ドキュメンタリー（つまり映画）は終る。不気味である。

　映画の中の歌は、デイヴィッド・ロビンズ（兄弟の由《よし》）とティム・ロビンズの共作である。ティム・ロビンズの才能はとめどないようにみえる。

13　〈超西部劇〉＝「許されざる者」

クリント・イーストウッド久々の西部劇である。きいただけで胸がおどるが、「許されざる者」はそう単純な作品ではない。「ペイルライダー」（八五年）、「ハートブレイク・リッジ　勝利の戦場」（八六年）につづいて、〈老いたるヒーロー〉がテーマの一つであるから。

とはいうものの、馬に乗った主人公マニー（イーストウッド）が小川を渡るワンカットを見ていると、ああ、西部劇なんだ、と胸がわくわくする。馬に乗る姿がさまになるスターは、もう出ないだろうな、とも思う。イーストウッドみずから〈最後の西部劇〉といっているところをみると、本当に最後なのだろうか。

この西部劇が他のイーストウッド・ウエスタンとちがうのは二点である。

一つは、主人公が行動する動機だ。

映画の発端で、酔ったカウボーイが娼婦《しょうふ》の顔を刃物でめった斬《ぎ》りにする。しかも、町

1993

の保安官（ジーン・ハックマン）はこれに対してフェアな裁きをおこなわない。

怒った娼婦たちは、もう一人のカウボーイ（酔っぱらいをとめなかった）を含めて、二人のカウボーイを殺した者に千ドルの賞金を出すことになる。

このアイデアは珍しい。千ドルの噂《うわさ》をきいて、ちんぴらガンマンが動き出し、主人公のマニーを誘う。

マニーは妻を失い、ブタを追いかけて子供二人を育てている。昔は女子供まで殺したというガンマンだったが、もはや馬に乗るのも時間がかかる。六十をすぎたクリント・イーストウッドにぴったりの役だ。マニーは昔の仲間の黒人ネッド（モーガン・フリーマン）を誘い、町に向かう。

もう一つのアイデアは、〈イングリッシュ・ボブ〉という英国人のガンマン（リチャード・ハリス）を出したことだ。このガンマンは拳銃《けんじゅう》を町に持ち込んだために、保安官によって半殺しの目にあい、町を去る。この人物をあっさり物語から消してしまうのがユニークである。

一見どうでもいいようにみえるこのエピソードは、保安官のアブノーマルな面を浮き上がらせる。自分の手で家を建てるのが好きな、好人物の面もある保安官をジーン・ハックマンがたのしそうに演じて、型通りでない悪役ぶりをみせる。

この保安官と助手たちと二人のカウボーイ対イーストウッドたちの死闘についてはこ

こには書かない。読者のたのしみをうばうことになる。

「許されざる者」は、「荒野の決闘」「赤い河」「捜索者」といったクラスの〈超西部劇〉であり、監督イーストウッドの頂点、代表作でもある。

作品の意図に、〈真の西部をみせる〉や〈英雄伝説の破壊〉があるのはたしかだが、〈英雄伝説の破壊〉は、はるか昔、一九六一年に「馬上の二人」でジョン・フォード監督が手をつけていた。

「許されざる者」のすごいところはラストのイーストウッドの殴り込みの神話的描写であり、テーマなどどうでもよくなる。イーストウッドの拍車が久々に鳴った。（〈拍車の音〉はイーストウッドのかつての売り物で、「戦略大作戦」＝七〇年＝は第二次大戦の話であるにもかかわらず、彼の〈拍車の音〉がギャグとして使われていた。）

後日談として、マニーは〈西海岸で商売に成功したと噂される〉というナレーションが流され、これに違和感を覚えた人もあるという。

ぼくはごく自然なこととしてきいた。

晩年のワイアット・アープは西海岸のデパートの靴売り場で働き、一九二九年（昭和四年）に死んだと記憶している。バッファロー・ビルといい、〈西部の名士〉はけっこう長生きした人が多いのである。

注・「許されざる者」は、第65回米・アカデミー賞で作品賞、監督賞、助演男優賞（ジーン・ハックマン）、編集賞を受賞した。

14　オスカーとイーストウッド

　ポーリン・ケイル女史の『映画辛口案内』(晶文社)の訳者である浅倉久志さんが、いつか、こう言っていた。

「あのオバさんはすごい批評家ですが、クリント・イーストウッドを認めないんですよねえ」

　たしかに、そうである。「ニューヨーカー」の代表的映画批評家ポーリン・ケイル(今は引退)にもクセがあるのだ。

　ま、わからないことはない。

　三〇年代、四〇年代というハリウッドの黄金時代を見てきた女史からみれば、テレビ西部劇「ローハイド」出身で、マカロニ・ウエスタン(アメリカでは〈スパゲティ・ウエスタン〉)で名をなしたスターなど〈邪道〉である。イーストウッドの映画に触れるのもけがらわしいという感じで批評を書いている。

1993

ところが、日本人はこだわらない。だから、イーストウッドの監督第一作「恐怖のメロディ」(七一年)で、もう、(一部の有識者は)喜んでしまった。

1　西部劇で名を売った男が、監督第一作として、現代劇、しかもみずから弱々しいDJを演じるのが面白い。

2　スリラー、サスペンス劇として実にコワい。(のちの「危険な情事」はこの作品からヒントを得たと噂《うわさ》された。)

3　第一作を極端な低予算で作ったのはアタマが良い。

——というわけで、イーストウッドの監督作品は、ぼくたちをたのしませてきた。(「アイガー・サンクション」他、いくつかの例外はあるが。)

が、はっきりいって、日本人が評価したって、世界的にも、イーストウッドにとっても、何の関係もないのである。(近年、日本では興行的にもあたっていないし。)

それにアメリカでも支持しつづけた批評家はずっといたのである。早川書房から出た伝記『クリント・イーストウッド／名前のない男の物語』(イアン・ジョンストン)の中に、くわしく書いてある。

一九八五年にフランス政府が芸術シュヴァリエ勲章を出したのが評価のはじまりで、シネマテークで作品が連続上映された。

(もっとも、これより早く、ニューヨークの近代美術館はイーストウッドの回顧上映をおこなっている。)

しかし、ヒッチコックやハワード・ホークスを本国より早く評価したフランスは、一九八八年、カンヌ映画祭で、イーストウッド監督の「バード」に主演男優賞(役者はフォレスト・ウィティカー)を出す。ここらから、イーストウッド評価の波は、アメリカの批評家を洗い始める。

「許されざる者」は、見ないうちから、アメリカでの評価がわかっていた。「ニューヨーカー」と「ニューヨーク」の二誌が珍しくホメていたからである。

ぼくはアカデミー賞の予想があたったことがないのだが、今回は、作品賞、監督賞、助演男優賞(ジーン・ハックマン)が「許されざる者」へゆく、と広言していた。本当は主演男優賞をイーストウッドが得ても当然なのだが、アル・パチーノとぶつかった。アル・パチーノ(「セント・オブ・ウーマン/夢の香り」)は一度もアカデミー賞をとっていないし、盲人役というのがトクである。身体障害者と病人をやると、アカデミー賞がとれるのは昔からのならわしだ。

授賞式でのイーストウッドは実にかっこよかった。

「フランスとイギリスの批評家、ニューヨークの近代美術館に感謝する」

1993

という謝辞も毒があっていい。アメリカの批評家が入っていないのだ。
こうして〈大人映画〉の大監督が誕生したのである。

15　「ルームメイト」の設定について

桜が散って、ゴールデンウイークには間がある一夕《いっせき》、家の近くの名画座に出かけた。名画座というのも絶滅しつつある。封切られた映画は半年でビデオ化される。「ボディガード」のようなロングラン作品も、もうすぐビデオが出てしまう。映画界は自滅の道をあゆんでいる。

〈封切〉と〈ビデオ化〉のあいだで商売をしようというのが近くの名画座なのである。べつに名画をやるわけじゃない。よく考えれば〈たんなる二本立て〉なのですね。

お目当ては「ルームメイト」。B級作品であることはわかっているが、いわゆる〈侵入もの〉で、ぼくには魅力がある。

平凡な生活に異常な他人が侵入してきて、大ピンチをむかえる、というパターンは、「ゆりかごを揺らす手」がわりによくできていた。「不法侵入」というのもあった。しかし、これは、かなり普遍的なテーマだと思う、アメリカでも日本でも。

1993

「ルームメイト」は原作を読んでいた。ジョン・ラッツの『同居人求む』（ハヤカワ文庫）で、ちょっとした佳作だった。

設定を紹介しよう。

ニューヨークの西七十四丁目に三十階建てのビルがある。一九六〇年代まではホテルだったが、売却され、老朽化したアパートになっている。

コンピュータ・プログラマーのアリ（ブリジット・フォンダ）は証券マンのサムと同棲《どうせい》している。ということは、高い家賃をサムにも負担してもらっているわけである。

サムは女ぐせが悪く、アリに追い出される。アリは独りぐらしになったが、家賃が払いきれない。そこで〈独身、白人、女性〉のルームメイトを求めることになる。何人かの希望者の中では、ヘディがもっとも感じがよい。おとなしくて、同居人向きに見える。アリはヘディをルームメイトに決める。（この〈家賃〉がポイントの1）

ポイントの2は、アパートには同居人を置いてはいけない規則がある。他の住人に同居人がいることを知られてはならない。つまり、ヘディは社会的には存在していないお化けのようなものである。

同居したヘディは、しだいに異常性をあらわにし始める。彼女はどうやらアリと同じような〈かっこいいキャリア・ガール〉になりたいらしいのだ。

姿かたちのちがうヘディ（ジェニファー・ジェイソン・リー）が、アリとそっくりになるシーンなど、ぞっとさせられるが、このパターンの原型は「太陽がいっぱい」のモーリス・ロネとアラン・ドロンといってよかろう。

映画が困るのは、物語設定の1、2を無視していることだ。サスペンス映画の基礎を脚本が無視している。

〈設定〉をまるで生かしていないから、ヘディの異常な行動がこわくなくなる。ヘディは異常と正常のギリギリのところにいるからこわいのであり、完全なサイコでした、というのでは話にならない。

ところが——流行のつもりかどうか知らないが——ヘディはサイコとして描かれ、サスペンス映画のはずが、つまらないホラー映画になってしまう。〈日常の中で起こりうる恐怖〉を描くはずの作品が、〈たんなるホラー〉になってしまった。ブリジット・フォンダの善戦もむなしく、ぼくも時間を損した。

アメリカ映画はこうした小品で実力を発揮したものだが、実に、どうも、下手な作りである。レンタルビデオですんだのに、と思ったが、もう、あとの祭り。

1993

16 プレストン・スタージェス監督の奇蹟《きせき》

クリント・イーストウッドは、〈ジャズと西部劇〉をアメリカ文化の代表だというが、ここに〈アメリカ的喜劇〉を加えてもよいだろう。

〈アメリカ的喜劇〉とは、フランク・キャプラの「或《あ》る夜の出来事」(一九三四年)に始まる〈スクリューボール・コメディ〉のことである。

エクセントリックな男と女が出てくるコメディ、という定義の仕方がある。とりあえず、それでいいとして、ハワード・ホークスの「ヒズ・ガール・フライデー」やキャプラの「毒薬と老嬢」を加えてみれば、イメージはややはっきりする。

キャプラ、ホークスはもちろん、ヒッチコックの「スミス夫妻」もここに入るだろう。そして、〈スクリューボール中のスクリューボール〉コメディ作家として想《おも》い出されるのが、プレストン・スタージェス監督である。

スタージェスは、四〇年代ハリウッドの希望の星で、主な作品八本を、一九四〇年から四四年にかけて発表している。すべてパラマウント映画である。(残りの四本は四七年から五七年にかけて作ったが、不成功に終った。）
もともと脚本家として名をなし、脚本・監督をかねたところはビリー・ワイルダーに似ているが、脚本のオリジナリティという点ではワイルダーに差をつけている。（ビリー・ワイルダー作品は、原作があるものが多いのだ。）

パラマウント時代の八本のうち、「結婚五年目」（四二年）は日本でも公開されている。（ついでに書いておけば、四八年の「殺人幻想曲」も公開されていた。）八本のうち「モーガンズ・クリークの奇蹟」（四四年）がWOWOWで早朝に放映されたので、ビデオにとって、見た。

スタージェスの喜劇は、ロマンティック・コメディなのだが、大胆にドタバタをとり入れ、会話がものすごく多く、早い。全員がしゃべりまくる。アメリカでビデオやディスクを入手しても、わからない部分が多いので、スーパー入りの放映はありがたい。

「モーガンズ・クリークの奇蹟」は、田舎町で大事件がおこったという電話で始まり、〈事件〉の内容が語られてゆく。スタージェス得意の語り口である。

気のいい娘（当時、人気があったベティ・ハットン）が、ボーイフレンド（コメディアンのエディ・ブラッケン善戦）を置き去りにして、兵隊たちのあつまるキャンティーン（酒保と訳したいが、この日本語は辞書をひいてください）に行き、酔っぱらって、兵隊と寝る。そして、妊娠する。

彼女の父親は口やかましい男である。彼女はボーイフレンドにすべてを打ち明け、解決の作戦を立てる。おそろしくドジなボーイフレンドは、作戦に協力するが、すべてをぶちこわしてしまう。

かなりイヤな設定の発端なので、この映画は戦時の検閲にひっかかり、だいぶ前にできていたのに、四四年まで公開されなかったという。

それでなくても、スタージェス流の脱線がはげしく、途中は少々ダレる。ありとあらゆる混乱を、最後の十分間でぴたりとおさめるのはスタージェスの十八番だが、産婦人科の廊下での人々の怪しい出入りがうまく、とんでもないエンディングになる。ぼくは笑ってしまった。

しかし、これは、純粋にアメリカ的な結末のつけ方であり、日本人の九十九パーセントは受けつけないだろう。

このところ、アメリカでのスタージェス評価はすさまじく、伝記や夫人による回想録、シナリオ集があふれている。この余波が日本にも及びつつあるが、古くからのファンは、(ルビッチさわぎがそうであったように)苦笑しつつ、しずかに、スタージェス作品をたのしむだろう。

17　カルト化した「女はそれを我慢できない」

今から二十年ほどまえ、ぼくは〈アメリカ喜劇ベストテン〉をえらび、中に、「女はそれを我慢できない」（一九五六年）を入れた。

その「女はそれを我慢できない」を久しぶりにＷＯＷＯＷのシネマスコープ版（アメリカで出ているビデオはトリミング版）で見て、やはり、かなり面白かった。

ルビッチ、スタージェス、ワイルダーにくらべると、監督のフランク・タシュリンはずっと格が落ちるが、この映画では大善戦、今みても〈ベスト20〉には入る面白さだ。

ＷＯＷＯＷでまた放送されるはずだから、見所を説明しておこう。

まず、プロット。これは『カルト・ムーヴィーズ』という本で知ったのだが、一九五〇年版「ボーン・イエスタデイ」のプロットにヒントを得ている。（新版「ボーン・イエスタデイ」が公開されるから、話がし易《やす》い。）

落ちぶれたギャングのボス（エドモンド・オブライエン）が名誉回復の第一歩として、恋人（ジェーン・マンスフィールド）を歌手にしようとする。そこでやとわれるエージェント（日本流にいえばマネージャー）が当時人気があったコメディアンのトム・イーウエル。前年（五五年）に「七年目の浮気」でマリリン・モンローと共演して名を高めたコメディアンだ。

ところが、女は歌がうたえない。しかも、エージェントと恋に落ちる。ボスは嫉妬《しっと》する。と、話がエスカレートする材料はそろっている。

フランク・タシュリン監督は漫画映画の出身で、ふつうの喜劇映画のギャグマンもやっていた人だ。ストーリーのごたごたから〈人間性〉を排除して、むしろ、〈人間を使うギャグアニメ〉のような作り方をした。まじめな演技派のエドモンド・オブライエンに、信じられないようなおかしな動きをさせたのはその好例だ。

さて、この映画が〈カルト化〉したのは製作年度と関係がある。

一九五六年——は、プレスリーの登場した年だ。その前年に、「ロック・アラウンド・ザ・クロック」でロックンロールなるものが初めて音楽シーンに登場したことも想《おも》い出してみよう。

この映画には、プレスリーこそ出ないが、リトル・リチャーズ、ファッツ・ドミノ、ジーン・ヴィンセント、エディ・コクランといったロックンローラー第一期のスターがずらりと出て、きちんと一曲ずつうたうのが、まず貴重である。

プラターズやジュリー・ロンドン（この美人歌手の見せ方が面白い）も出る。タイトル・ソングの「女はそれを我慢できない」と作中の「ロック・アラウンド・ザ・ロック・パイル」を作ったのはボビー・トループ。

こういった、（当時の）きわもの的側面が、アメリカでは、七〇年代半ばのノスタルジー・ブームの中で〈カルト化〉されたらしい。タシュリン（プロデューサーを兼ねている）は、ヒットさせるためにやったことだろうが、結果として、ロックンローラーのすばらしい記録を残した。

タシュリン監督（一九一三年〜七二年）には、これといった傑作がない。だが、「女はそれを我慢できない」は秀作、また佳作である。『カルト・ムーヴィーズ』の筆者は〈傑作とのニアミス〉と、うまい表現をしている。

台詞《せりふ》も面白いらしいが、そちらのほうはスーパーではわからない。タシュリン流の視覚《サイト》的ギャグに笑いころげているうちに、ラストでギャングのボスの意外な才能で観客に一発くらわせ、エピローグはまた、ボス役のエドモンド・オブライエンが、観客の笑いをさらう。一見の価値ある快喜劇としておすすめしたい。

18　伊東四朗との一夜

五月二十八日の夕方、東京の高輪《たかなわ》プリンスホテルで面白い会合があった。

故坂本九と彼を育てた曲直瀬《まなせ》プロの人々（故人）をしのぶ、というごく内輪のパーティで、会の性質上、テレビカメラも入っていなかった。

曲直瀬家は時代小説にも出てくる名家だが、戦後は芸能プロとして有名になった。父親が社長で、子供が七人、長女が渡辺美佐さんだ。その夜の説明では、七人のうちの一人だけが堅気で、あとはすべて芸能界と関係を持ったという。

一九六〇年ごろ、坂本九、森山加代子、ジェリー藤尾、渡辺トモ子、ダニー飯田とパラダイス・キングを前面に押し出した〈曲直瀬プロの時代〉が確かにあった。

ぼくに招待状がきたのは、坂本九の「九ちゃん！」の作家の一人としてである。

ついでに述べておくと、坂本九は一九六〇年にデビューして六一年の「上を向いて歩こう」が大ヒット。中村八大（作曲）・永六輔《ろくすけ》（作詞）のコンビに支えられた。これが第一期のブーム。

一九六五年ごろになると、九はいわゆる〈二軍落ち〉していた。

その坂本九で〈日本初の公開ヴァラエティ・作家の複数システム〉を試みたのが、日本テレビの井原高忠《たかただ》プロデューサーであった。「ダニー・ケイ・ショー」を手本にした「九ちゃん！」が始まったのは一九六五年十月からである。この番組は三年つづき、タイトルを変えてさらに半年つづく。坂本九の第二期のブームを作り、一九六九年春に終った。

「九ちゃん！」には、一回目から〈てんぷくトリオ〉が出ていた。タイトルが変わってからも、伊東四朗はレギュラーで残った。伊東四朗はコントと音楽ネタの笑いの両方ができるので、内輪では高く買われていた。

タバコのけむりに弱くて、めったにパーティに出ないぼくが出かけたのは、この会のためにハワイからきた井原夫妻に挨拶《あいさつ》するのと、伊東四朗に会うためだった。

その夜は、芸人でいえば、古今亭志ん朝さんがいた。志ん朝と伊東四朗のいる会とは、シブい。

大半はぼくの知らない業界人であり、ぼくは井原さん、伊東さんともっぱらしゃべっていた。

1993

伊東四朗はいまや〈ドラマの重鎮〉風になっているのだが、コントをやる場がない。そういう番組もないし、仕切れるプロデューサーもいない。

「コント、好きなんですけどねえ」

と、伊東四朗はなげく。

「とんねるずの『みなさんのおかげです』で、小松政夫とのコンビのパターンを全部やっていましたね」と、ぼく。

「あの二人、笑っちゃって、次々に注文を出すんですよ。また、よく覚えてる」と、伊東さん。

「木梨《きなし》君がくわしいでしょう」

「あの人は（ギャグが）好きですねえ」

皮肉なことに、井原、伊東、ぼくの三人は、昔はスモーカーだったのに、今はけむりが駄目。伊東さんは大切なノドをやられてしまうという。

パラダイス・キングのなつメロ演奏が始まったあたりで、仕事のある伊東さんとぼくは退席した。

たまには、旧友に会うのも悪くない。

19 ハリウッドといえば「フィラデルフィア物語」

ヘプバーンというと、日本ではオードリー・ヘプバーンをさす。日本人はオードリー・ヘプバーンが好きなのである。

アメリカで映画の話をしていて、ヘプバーンといえば、キャサリン・ヘプバーンをさすことになる。彼女が舞台に出てくれば、それだけで、〈スタンディング・オヴェーション〉の嵐《あらし》になる。

日本では、映画ファンを自称する若い人でも、ヘンリー・フォンダの遺作「黄昏《たそがれ》」（八一年）の彼女を覚えていればよい方だ。

皇太子の結婚にこじつけて、テレビで、グレース・ケリーの「上流社会」（五六年）をやっていた。

家族にそういわれて、ふと、「上流社会」の原型である「フィラデルフィア物語」を観《み》たくなった。一九四〇年製のＭＧＭ（当時のＭＧＭは〈ぜいたく〉を意味した）のソ

1993

フィスティケーテッド・コメディが一九九三年の鑑賞に耐えるかどうか？

この映画は戦後、一九四八年に日本で封切られた。焼け跡の中に残った映画館の大スクリーンで、ぴかぴかの画面を眺めていたのを想《おも》い出す。

想い出すといえば、ウディ・アレンの「ラジオ・デイズ」にもこの映画が出てきたように思う。つまりは、記憶の対象になるような輝かしいハリウッド映画なのだ。

ビデオの唯一《ゆいいつ》の取柄は、みたい映画がすぐにみられることで、棚から「フィラデルフィア物語」（ワーナー・ホームビデオ）を抜き出した。


いきなり、フィラデルフィアの富豪の娘であるキャサリン・ヘプバーンが夫を家から叩《たた》き出すシーンである。叩き出される夫はケイリー・グラント。

時がたって、彼女は努力家のジョージ（ジョン・ハワード）と再婚することになる。その結婚式の直前、写真雑誌「スパイ」にやとわれている前夫、生活のために記者をしている作家（ジェームズ・スチュアート）、その恋人のカメラマン（ルース・ハッシー）の三人が乗り込んでくる。実は花嫁の妹ダイナ（ヴァージニア・ウイラード）も、花嫁の叔父（ローランド・ヤング）も、前夫の方を好ましく思っている。

これだけでも混乱が予測できるが、ジェームズ・スチュアートがヘプバーンに惚《ほ》れてしまう事態が、ことをよけいにもつれさせる。

キャサリン・ヘプバーンをケイリー・グラントとジェームズ・スチュアートがうばい合うキャスティングがまず凄《すご》い。

帽子をかぶって出てくるジェームズ・スチュアートは〈生涯でただ一度の早口のしゃべり〉を演じてみせる。この映画の見どころは、たよりないJ・スチュアートとしっかり者のルース・ハッシーのコンビの妙で、スチュアートはアカデミー主演男優賞を得た。J・スチュアートとしては変わった役で、もうけ役でもある。

時代色も楽しめる。「マルクス兄弟珍サーカス」(三九年)でグルーチョ・マルクスが歌った〈刺青《いれずみ》の女リディア〉をダイナが歌って、J・スチュアートをびっくりさせ、そのスチュアートがキャサリン・ヘプバーンを抱えての朝帰り(二人ともバスローブを着ている!)のとき歌っているのが、なんと、「オズの魔法使」(三九年)の「虹《にじ》の彼方《かなた》へ」である。(〈刺青の女リディア〉は、「フィッシャー・キング」でもロビン・ウィリアムズが歌っていた。)

そういうわけで、名作舞台劇を映画にうつす作業(監督はジョージ・キューカー)はみごとに成功していた。

封切の当時わからなかったのは〈写真雑誌の恐怖〉で、これも、「フォーカス」「フライデー」のおかげで、ようやく、わかるようになった。

1993

20 「ジュラシック・パーク」という悪夢

この原稿が読者の目にふれるころには、おそらく「ジュラシック・パーク」のストーリー紹介やら、小ざかしい批評が、あちこちにあふれているにちがいない。

バイオテクノロジーを利用して生み出された恐竜たちのいるテーマパークで、一人の小悪党と台風のために恐竜たちが暴れ出す。まさにスピルバーグ好みのシンプルなストーリーである。ちょうど、「キング・コング」や「ゴジラ」がそうであったように。

「ジュラシック・パーク」について〈人間が描けていない〉という批評をみたが、ばかなことをいう批評家(?)がいるものだ。人間？　それどころか、ストーリーじたいが(少なくとも映画でみる限り)うまくつながっていないのだ。たとえば、カオス理論なるものをとなえる天才数学者の後半の動きは、途中が飛んでいる。映画を二時間の枠におさめるためにカットしたのではないか。子供の観客がじっとしていられるのは二時間と相場が決まっている。

また大人一人と子供二人が〈良い方の恐竜〉に遭遇するシーンは「E・T」のリメイ

クである。が、そこらをあげつらっていては、この映画の本質には肉薄できない。

ぼくのみた範囲で、この映画の本質をついた批評は「ニューズウィーク」(日本版・七月七日号)のものだ。いわく――、

〈世界一豪華なゴジラ映画〉

日本映画のスターで海外に通用するのはトシロー・ミフネとゴジラだけ、とはよくいわれる言葉だが、ゴジラの人気は、ちょっと理解できないほどすごい。近年、出来の悪いゴジラ映画をニューヨークでみたとき、観客の怒り(ブーイング)におどろいた。彼らはゴジラが〈完全な悪役ではないこと〉に怒っているのだ。

「ジュラシック・パーク」での恐竜の目と尾の使い方で、ぼくは、あ、これはゴジラだ、と思った。「ゴジラ」の第一作が封切られた一九五四年、ある日本の批評家が〈こわいのは尾の動きだ〉と指摘したが、スピルバーグはそれをちゃんとやっている。つまり、この映画は、設定(孤島)は「キング・コング」の前半であり、出てくるのは小型ゴジラの群れなのだ。

さまざまな恐竜をコンピュータ・グラフィックスで作りあげたＩＬＭ(インダストリアル・ライト・アンド・マジック)の人たちのすばらしさにまず脱帽したい。〈ちょっとした実験のつもりがＳＦＸ映画の歴史を変えた〉のは皮肉である。

この映画でもっともおそろしい場面は、人間の乗った自動車が〈時速五十キロで走る肉食恐竜〉に追われるシーンである。これはこわい。スピルバーグはむかし「激突！」（七二年）でこういうシーンを手がけているが、あれよりもこわい。

ラスト近く、二人の子供が広いキッチンで二匹の恐竜に狙《ねら》われるシーンもこわい。ほかにもこわい場面はあるが、とりあえず、この二つのシーンを想《おも》い浮かべてみる。これは〈子供にとっての悪夢〉なのだ。悪夢を描く監督は多いが、スピルバーグのように百二十パーセント以上もリアルに、これでもか、これでもかと、たたみかけられる人は珍しい。その〈恐怖〉は明らかにスピルバーグの内部にあるものだ。

コメディやヒューマニズムものはともかく、即物的な恐怖映画を作らせたら、こんなにうまい監督は他にいないだろう。世が世なら（五〇年代であれば）〈B級映画の天才〉ともてはやされたはずである。

が、「ジョーズ」（七五年）の大ヒット以後、彼はヒット作を作りつづけざるをえなくなった。「ジュラシック・パーク」は大ヒット映画でありながら〈作家の映画〉でもある不思議な作品で、スピルバーグ的恐怖の集大成でもある。

21　小林旭《あきら》と〈にっかつ〉倒産

映画会社〈にっかつ〉が不渡りを出したといって話題になっている。

ぼくにしてみれば、〈にっかつ〉はとうに消えたも同然の存在であった。

〈日活〉という会社は戦前からの名門であるが、そのころのことはよく知らない。ぼくが知っているのは一九五四年（昭和二十九年）に製作を再開し、「幕末太陽伝」（川島雄三《ゆうぞう》監督）や小林旭、石原裕次郎、赤木圭一郎《けいいちろう》のアクション映画、吉永小百合《さゆり》の青春映画を生んだ、あの赤い文字の〈日活〉であった。

この〈日活〉は一九七一年（昭和四十六年）までつづいたが、赤木が早死にし、裕次郎がすごみを失って、最盛期は非常に短かった。

七一年十一月から再スタートした〈にっかつ〉のロマン・ポルノは初期に秀作がある。たとえば、「一条さゆり　濡《ぬ》れた欲情」のドライな人間観察が、「仁義なき戦い」のシナリオにあたえた影響など、一度も論じられていない。

〈日活〉は（若干の例外はあるが）ドラマのすべてを〈アクション〉で描こうとした。

1993

それが無理であるように、〈にっかつ〉がすべてのドラマを〈ポルノ〉に集約させるのにも限界があった。

末期のロマン・ポルノはほとんど観《み》ていないが、アダルト・ビデオの流行によって存在理由（?）を失い、製作を中止したといわれる。〈日活〉→〈にっかつ〉は多くの人材を育てたともいわれ、本当にはちがいないが、経営面ではかなりひどかったのではないか。

旧作ビデオの販売ルートなど、実に弱かった。赤木圭一郎の〈男〉シリーズ四本をそろえるだけでも苦労した。なぜなら、セルスルーのビデオ屋に品物を出さず、書店に置いていたからである。（この〈弱い〉傾向は今も変わらない。）つまりは〈営業〉が弱いわけで、近年はまた、わけのわからぬ大作映画を作ったりし、経営者のポリシーはないに等しかった。

〈日活〉の役者の多くはテレビに流れたが、小林旭だけはこれをきらった。

先日、銀座東映で「民暴の帝王」をみて、旭の迫力に感心した。小林旭と川地民夫《たみお》という〈日活〉勢の方が存在感があるのだ。

それにしても、若いスターが出ていない映画はつらい。五十代から六十代にかけての役者ばかりなので、当然、観客席も白髪の人が目立つ。

若い人気者がやくざ映画出演をきらうのは、一つにはCM出演の仕事を失うからである。それは当然のことで、いまどき、映画にしか出ないのは小林旭ほか、五人もいないだろう。(小林旭はNHKの大河ドラマに出ていたが、これはミスキャストだったと思う。)

会社〈にっかつ〉消滅について、珍しく、小林旭のコメントが多かったのは、もう〈日活〉を語れるスターがすくなくなっているからである。

〈日活OB会〉ともいうべき集まりが毎年あり、ぼくの知人が出席しているのだが、先日の会では、美空ひばりの歌を旭がうたったのがすごかったと言った。

また、その席で、宍戸錠《ししどじょう》が「みんな、小林旭と吉永小百合の映画を見に行こう!」と呼びかけたという。〈日活〉関係者は裏方さんもふくめて、実に仲が良いらしい。

東映プログラム・ピクチュアが終るときが邦画の終る日だと以前からいわれていたが、その〈とき〉が遠くはないのではないかと思われた。なぜなら、「民暴の帝王」には、大衆の好みをさぐるマーケティングの戦略が見えなかったからだ。小林旭の熱演が気の毒に感じられたのである。

22 電波・一九九三年の夏

世の中には、なにを考えてこういうことをやっておるのかと思うものがある。たとえば、NHKテレビが、なにやらうれしげに放送している「エド・サリバン・ショー」がそうである。

新聞のコラムニスト、エド・サリバンをホストにしたこの番組は一九四八年六月三十日に始まった。

ハンフリー・ボガートが整形手術に失敗したような顔のエド・サリバンは〈独特の話法とみにくいゼスチュア〉でテレビに新時代を開いた、と、向こうのテレビの本にある。放送時間ははじめ転々としたが、一九四九年三月から一九七一年六月(終了時)まで、CBSの日曜日夜八時から九時を占拠した。テレビ発足時から六〇年代をのりきった人気は、アメリカのテレビ史上に輝くものである。

エド・サリバンの功績はジャーナリスティックなセンスを生かした人選にあった。ふつうなら同席するはずのない大家と新人をならべて、一時間のショウにまとめる。その好例が〈下品〉といわれたプレスリーをテレビにデビューさせたことで、カメラはプレスリーの腰から下の動きを写さないように苦心した。有名なエピソードである。オペラからサーカス芸まで〈なんでもあり〉というのは、ヴァラエティの基本なのだが、エド・サリバンの場合はコラムニストとしての本能で新しい人たちを次々に紹介した。

日本でも評判になり、一九六五年（昭和四十年）には、日本テレビで「エド・サリバン・ショー」が放映されている。エド・サリバンの声はたしか吹きかえで、三十分の短縮版であったが、井原高忠氏が〈制作〉にあたった。

ま、そういうことである。

なにをトチ狂ったのか、エド・サリバン氏の死後二十年たって、NHKが「エド・サリバン・ショー」を、あらたに編集して放送している。しかも、〈日本人の解説つき〉である。

デーヴ・スペクターはいいとして、黒柳徹子と荻野目《おぎのめ》慶子（とんちんかんなことばかりしゃべる、仕方ないけれども）という人選は何なのだろう。どう考えても、アメリカの芸能事情にくわしいことではデーヴ・スペクターが圧倒的なので、いっそデーヴ一人にしたらどうか。

いや、それよりも前に、リアル・タイムで見てこそ意味のある「エド・サリバン・ショー」を、なぜ、いま、一九九三年に放送するのか？〈まともな芸をみせる〉のなら、「ペリー・コモ・ショー」「ダニー・ケイ・ショー」ほかがあったはずで、「エド・サリバン・ショー」というのは日本人にもっとも不向きなのである。

日本のテレビはニュース・ショウ以外見るものがほとんどないのだが、ごくたまに「クイズ！　タモリの音楽は世界だ」（テレビ東京）を見る。困ったことにこれは家族が見る「ブロードキャスター」（TBS）とぶつかるのだ。別なテレビで見ればいいのだが、つい面倒になる。

そこでラジオばかりきくことになるのだが、これまた困ったことに、民放ラジオは全国ばらばらなのである。共通しているのは「オールナイトニッポン」ぐらいじゃないかな。

昼間の三時間番組（月〜金）なので、すべてをきくわけにはいかないが、「吉田照美《てるみ》のやる気MANMAN」（文化放送）が、ぶっちぎりで面白い。吉田照美は夜の放送のころから、えんえんきいていて、昼になって何年たつことか。強い者に弱く、弱者にいばる小心パターンは、ゲストが大島渚《なぎさ》、蜷川幸雄《にながわゆきお》、やしきたかじん等だと、いかんなく発揮される。こう書くと、ひどいヒトのようだが、バランス感覚がとてもいい。マイナーなものをやたらに持ち上げる風潮をやんわり批判したりするのは、そういう感覚だと思う。

23 〈ノリユキ〉と坂井真紀の善戦

ぼくはテレビを見ない、というと、「ウソ……」みたいな顔をする人が多い。

まあ、テレビ好きと誤解されても仕方がない、とは思っているが、「そのわりには知ってる」と思われるとすれば、〈定点観測〉の効率がよいからだろう。

この一年間、書き下ろし小説と新聞小説をつづけてやっている。神経と目が疲れ、夕食をとると、一、二時間は寝てしまう。これではプライム・タイムの放送は見られない。

例外的な日があって、久々に「とんねるずのみなさんのおかげです」(フジ)を見た。その結果、大いに感心して、〈とんねるず〉の後を追う多くの二人組が駄目なこともわかった。

八月六日の放送でいえば、各コーナーが充実している。

観月《みづき》ありさに彼女の主演番組のパロディをやらせる。石橋貴明扮《たかあきふん》する中井貴一がありし

1993

さの身体《からだ》にさわろうとすると、ありさが「結局、そこへいくのか！」と石橋をスリッパで張り倒す。かつての宮沢りえにつづく少女アイドル爆笑路線。

つづいて、「太陽にほえろ！」のパロディで、石橋が松田優作、木梨憲武《きなしのりたけ》が露口茂の真似《まね》をする。木梨の人真似というのは、ブキミなほどうまい。

次が、ノリユキ（木梨がアイドルおたくを演じる古いキャラクター）のTVショッピング。飯島愛のTバックを盗んで、TVで売る。フジテレビのTVショッピングの男女（本物）が出て、十円で売り、買うと冷蔵庫がついてくるのがおかしい。

これも古くからの人生相談（愛のカイロプラクティック）には、工藤静香《しずか》が解答者で出て、その名が〈ナタ・デ・ココ〉。これがいちばん笑った。

八月十三日の放送は、霊感少年ノリユキと小泉今日子の怖いキャンプで始まる。小泉今日子もよくやっている。この番組の強みの一つは、〈アイドルの自然なエロティシズム〉にあるのだが、視聴率が良いから、皆さん、出るのでしょうね。

次が〈爆笑「水の旅人」〉で、原田知世《ともよ》が映画と同じ役（だろうと思う）をやる。小さな武士の石橋が山崎努《つとむ》に似ている。

考えてみると、ぼくがこの番組を見なくなったのは、新しいアメリカ映画のパロディ（というより物真似）をやるからだった。本物をあとから見ることが多く、（これはないだろう）と思った。とくに「ゴースト」など、映画のままだった。

さて、八月十三日分に戻るが、ノリユキのＴＶショッピングにつづいて、ロマン・ポルノのパロディみたいな「危険な新妻シリーズ」があり、斉藤慶子がとんでもない新妻を演じる。

結局、これは、よかったころの「サタデイ・ナイト・ライヴ」なのだな、と納得した。

ノリユキ・キャラクターにしろ、〈危険な新妻〉キャラクターにしろ、映画が一本作れるものだ。日本映画界はそういう発想がないから、ノリユキは半永久的にテレビの画面に閉じこめられてしまう。

あいかわらず好調の〈とんねるず〉のほかでは、「夢がＭＯＲＩＭＯＲＩ」（フジ）の森口博子がときどき、ばかに面白い。黄金時代の日本テレビだったら、彼女中心のショウが作れたのに、と惜しまれる。

もう一人注目しているのが、ＣＭで人気が出た坂井真紀で、眠さをこらえて「ポケベルが鳴らなくて」（日本テレビ、八月十四日分）を見た。

緒形拳《おがたけん》と裕木奈江《なえ》がデキている、というありえないような設定で、坂井真紀は、緒形拳の娘で、奈江の親友、ほかもろもろの難問を背負ったむずかしい役だが、このドラマで見る限り、よいのですね。（本当は裕木奈江と坂井真紀のキャスティングが逆なのだが、知名度の点で仕方ない。）今風の〈打たれ強い女の子〉の感じがにじんでいて、なかなかのものだった。

注・この時点では、坂井真紀は〈CMから出た新人〉であった。

24 〈クルーナー〉の死と「青い山脈」

藤山一郎が亡《な》くなった。

正直なところ、つつしんで哀悼の意を表するというほど殊勝な気持ではない。八十二歳だったそうだが、ぼくの生まれる前に、大ヒット曲を出していた人である。いってみれば、〈昭和史上の人物〉であり、ぼくにとっても昔の人であった。

NHKとテレビ東京だけが追悼の特番をやった。旧NHK＝日本放送協会と藤山一郎のつながりは長く、〈ミスターNHK〉といってもよい。

古賀メロディ、モダンな歌、戦意昂揚《こうよう》の歌から、戦後の「青い山脈」まで、文字通り、時代に即した歌をうたってきた。淡谷《あわや》のり子やディック・ミネのような反骨精神はないから、軍部にさからうこともなかった。

ディック・ミネを不良とすれば、藤山一郎は優等生。お通夜《つや》で、森繁久彌《もりしげひさや》が、心を開かない人だから、ずいぶんと不自由だったろう、と語っていた。

1993

長所をあげれば、日本には珍しい〈クルーナー〉だったといえよう。甘い声の持ち主。アメリカでいえば、ルディ・ヴァレー、ビング・クロスビー、ペリー・コモ、若き日のシナトラ、若き日のディーン・マーティン——いずれもクルーナーであった。大瀧《おおたき》詠一氏に教えられたのだが、藤山一郎は古賀メロディを歌っても、あくまでクルーナーの唱法だったという。じじつ、「私は艶歌はうたうが、演歌はうたわない」と言いきっていた。

一九四五年、日本を占領したGHQは、アメリカそのままのラジオ番組を作ろうとした。「二十の扉」「話の泉」、いずれも〈そのまま〉番組である。

NHKディレクターの堀江史朗は米軍CIE（民間情報教育部）の指令で、「ボブ・ホープ・ショウ」を真似《まね》た「陽気な喫茶店」を作った。次は、「ビング・クロスビー・ショウ」を作れといわれ、藤山一郎をすぐに考えた。

しかし、ビング・クロスビーのようなユーモアの才能は藤山にはない。そこで、新宿の小劇場ムーラン・ルージュで人気が出ていた森繁久彌を呼んで、話をきいた。森繁は敗戦まで満州でアナウンサーをやっていた人だから問題はない。森繁はムーラン・ルージュをやめ、NHKの専属になる。

藤山＝森繁コンビの番組名は「愉快な仲間」で、一九五〇年（昭和二十五年）にスタート。森繁はディスク・ジョッキー番組「ラジオ喫煙室」もやることになる。藤山＝森繁で「ビング・クロスビー・ショウ」の真似をやるなど、ＣＩＥも考えたものである。

いまでは日本の歌を代表する藤山の「青い山脈」を、映画「青い山脈」に入れるのに、監督の今井正が反対したのは、かなり有名な話である。

余談だが、ぼくは高校生のころ、東宝撮影所見学に行ったことがある。地上一メートルぐらいの屋根の上で、池部良《いけべりょう》が杉葉子に、

「火事を見てると、原始の血がよみがえる」

というような台詞《せりふ》をしゃべっていた。たしか、二階から外の屋根に出て、といった設定のはずで、それを低いところで撮っていたので、こういうものかと感心した。この映画が「青い山脈」なのだった。一九四九年のことである。

藤山一郎の最盛期は戦前から戦後すぐまでだった。だから、ぼくはクルーナーとしての真価を知らない。ビング・クロスビーでいえば、五十代まで声にのびがあった。藤山一郎も（テレビでみる限りでは）六十ぐらいまで美声だったようにみえる。

25 〈あきれたぼういず〉のあきれた伝説

数年まえ、トニー谷のCDをヒットさせたビクターが、往年の〈あきれたぼういず〉の十六曲を集めた「ぼういず伝説」を出した。

手に入れるのが厄介だった。某新聞がとりあげたせいか、品物がなくなったのだが、その新聞でさえ、写真の下の四人の名前をまちがえている。

なにしろ、〈伝説〉の四人組である。ぼくなりに調べたところを記しておこう。

ころは昭和の初め。チャップリンの真似《まね》で売り出した大竹タモツというコメディアンがいた。

その門下生が益田喜頓《きいとん》、坊屋三郎、芝利英《しばりえ》（坊屋三郎の弟）だった、と旗一兵の『喜劇人回り舞台』にある。

益田喜頓と芝利英は北海中学で同級、坊屋三郎はそこの野球部のマネージャーだった。（益田は函館《はこだて》商業の名サードとして知られ、北海中学にスカウトされた。中学卒業後は、ノンプロの〈函館オーシャン〉のサードとして活躍。）

三人は浅草の花月劇場の「吉本ショー」の中幹部だったが、最年長で幹部の川田義雄が加わり、コミック音楽グループ〈あきれたぼういず〉が結成された。ときは一九三七年（昭和十二年）九月、第一回の出し物は「ダイナ狂騒曲」。

ジャズ・ソングと浪曲を混ぜたもので、構成は川田義雄といわれる。川田の浪曲（虎《と》造《ぞう》ぶし）、坊屋三郎のポパイの真似、益田喜頓のボケとハワイアン（なぜかヨーデルになる）が売り物だった。

日劇や映画（ロッパのもの）に引っぱりだこになり、有名な引き抜き事件がおきる。

一九三九年（昭和十四年）四月に、新興演芸部が四人を引き抜こうとし、いろいろあって、川田義雄だけが吉本に残った。

第一次あきれたぼういずは、一年七カ月の短命であった。

新興演芸部にうつった三人は山茶《さざん》花究《かきゅう》を加えて、第二次あきれたぼういずを発足させ、川田義雄は有木山太らを集めて、〈ミルク・ブラザース〉を作る。

吉本では四人で千円だった月給が、新興では一人六百円になり、契約金は四人で一万円だったというから破格だ。

あきれたぼういずは、もともとマルクス兄弟を意識していたと益田喜頓からきいたこ

1993

とがあるが、なるほど、やっているのですね。
新興演芸部に入ってからの第二次あきれたぼういずの東京での初公演（昭和十四年九月末）は浅草国際劇場で、出し物は四つ。その中に「音楽の末路」というショウがあり、マルクス兄弟の真似を演じた。
グルーチョ＝芝利英
ハーポ＝坊屋三郎
チコ＝山茶花究
馬＝益田喜頓
だそうで、元ネタは「マルクス一番乗り」ではないか。
CDにもどる。
色川武大《たけひろ》は、あきれたぼういずのレコードは〈舞台での面白さの三分の一〉と書いていたが、四人の動きが見えないせいもあって、そういうことになる。
それでもまあ、浪曲あり、ディズニーの「狼《おおかみ》なんかこわくない」あり、ジャズ・ソング、シャンソン、物真似ありのゴッタ煮は、後年のフランキー堺《さかい》やハナ肇《はじめ》の仕事に結びつくものがある。当時の子供には坊屋三郎のポパイの真似がウケていたが、今きくと、大したことはない。ただ、ポパイの真似でお経を読むネタ（「あきれた石松」）には笑ってしまった。
つまり、子供向きの坊屋三郎、〈いわゆる達者な芸〉の川田義雄がいて、ファッツ・ウォーラーの「浮気はやめた」のかえ歌をうたう超モダンな益田喜頓がいて成り立ったグループ芸なのだ。そして、〈ハモること〉を服部《はっとり》良一と同じころに始めていた——これがもっとも貴重だと思う。

1993

26　ハナ肇《はじめ》の死をめぐって

九月十日の昼近く、階下におりると、ハナ肇さんが亡《な》くなったと家族がいう。それについてのコメントを求める電話がありました、うんぬん。

都合があって、外部からの電話は、電話を受けるオフィスを通している。そこは、一日ぶんの電話を夕方にまとめて伝えてくる。午前中にかけてきたのは初めてだ。

その日は、同じ用で、夕方にまた数件、新聞のコメント、テレビの出演依頼があった。小説を書くのに苦しんでいる身としては、なぜ、オレが、と思い、すべて、おことわりした。

〈ハナ肇とクレイジー・キャッツ〉（初期の表記で書く）のメンバーの中で、もっとも長生きするのはハナ肇だと思っていた。

しかし、入院経過からみて、？になっていた。多くの人がガンで倒れ、ぼくも敏感になっている。

歳《とし》の近い人が亡くなるのは辛《つら》く、いやなものである。

テレビの追悼番組では、さかんにハナ肇の流行語をとり上げていたが、そういうものではない。弔辞の中で植木等が言っていたように、テレビの「シャボン玉ホリデー」と映画（山田洋次監督作品）をかけもちしていたときがハナ肇の〈黄金時代〉であった。「喜劇・一発大必勝」（一九六九年）までだ。


わかりやすく書けば、「喜劇・一発大必勝」の次の山田作品は「男はつらいよ」の第一作である。この映画の（山田洋次初めての）大ヒットは、低迷していた渥美《あつみ》清をスーパースターにし、結果として、ハナ肇を山田作品から外す形になった。そして、そのころ、「シャボン玉ホリデー」もまた衰えつつあったのだ。

ＷＯＷＯＷでたまに放送する「大冒険」（六五年）は、〈クレイジー・キャッツ結成十周年映画〉であった。


封切のとき、ハナ肇がぼくに言ったことが忘れられない。

「クレイジー十周年記念映画なのに、どうして、おれが主役じゃないんだ？」

脚本をみて、役が小さい、どういうことだ、という怒りだった。

はっきりいえば、〈十周年記念〉というのはタテマエであった。映画をヒットさせるためのものだ。当時でも、クレイジー・キャッツはときどき舞台公演をおこなっていたが、〈演奏〉に限れば、一九五〇年代のジャズ喫茶での演奏のリピートであった。

ぼくの個人的感想をいえば、植木等の「スーダラ節」が大ヒットした時点で、バンドとしてのクレイジー・キャッツは終ったのである。これが一九六一年。

しかし、コミック・バンドで十年つづけば大したものである。一九六五年で十周年、そして、記念解散とくれば、本当はいうことがなかったのに、と思う。

ぼくはテレビを見なかったが、ハナ肇の死後、北海道から帰った植木さんが、これでクレイジーは解散、と言ったというのは当然であった。一九九〇年代になっても、クレイジー・キャッツが存在するかのような幻想をふりまくのは、どこかおかしい。

テレビでの追悼番組がとんちんかんになったのは、作っている側がもうクレイジーそのものを知らないのだから仕方がない。日本テレビの「さようならハナ肇さん」だけが目立ったのは、初期「シャボン玉ホリデー」のスタッフ(構成・河野洋《ひろし》、演出・斎藤太朗《たかお》)が手がけたからである。

それにしても、病院にかけつけた植木等に、病床のハナ肇が「身体《からだ》を大事にしろよ」と声をかけたエピソードはおかしくも哀《かな》しい。そして、植木さんの長い弔辞もみごとであった。

27 小説の〈取材〉について

この中日新聞ではもっぱら、映画、ビデオ、テレビのコラムニストの役を演じているが、ぼくの本業は小説家である。本当は小説だけを書いていればよいのだが、他のエンタテインメントにひとこと言いたくなるくせがあって、つい、コラムに手を出してしまう。今回は、本業である小説の話をしたい。といっても、カタい文学論などではない。小説の取材について、である。

十月四日付《づけ》の中日新聞で〈波乱万丈のおもしろさ〉と紹介された、ぼくの『怪物がめざめる夜』（新潮社）は、ラジオ局、とくに深夜放送の世界をあつかっている。

この小説の骨組みは一九八〇年にできていたが、物語の中心となる、毒舌を売り物にした芸人が日本には存在していなかった。

いや、昔の三亀松《みきまつ》さんのようにアクの強い芸人（この人は日本のスタンダップ・コミックの元祖だと思う）は点々といるのだが、一般的ではなかった。一九八〇年といえば、

1993

わずかにタモリが知られていただけである。（ビートたけしのラジオ登場は一九八一年正月で、一九八〇年には知る由《よし》もなかった。）

そんなこんなで、この物語の執筆はペンディングになった。構想をあたためたというような大層なものではなく、十二年間放っておいたのである。しかし、物語はいわゆる〈グッド・ストーリー〉なので、忘れることはなかった。

去年の十月に、改めてこの物語にとり組んだ。ラジオ局が舞台になる以上、取材が必要である。ぼくが覚えているラジオ局は三十年以上前、新しいところで二十年前のものだから、いかになんでも古すぎる。

取材といっても、大げさなものではない。ストーリーはできているのだから、必要な部分だけを見ればよいのである。

基本的にいえば、作家はなるべく、〈知らない〉世界を書いたほうがいいと、ぼくは思っている。たとえば、商人、小企業、小出版社、テレビ作家、小説家といった業種をぼくはよく知っているが、できれば、これら以外の世界を描《か》いたほうが、創造力が自由に羽ばたくのである。

さて、ラジオ局。ニッポン放送の若いプロデューサーと知り合いだったので、夕方の生放送中のスタジオ、副調整室を見せてもらい、ポラロイドで機材の写真をとった。ポラロイドを使うのは、写真の下に（サインペンなどで）書き込みができるからである。

昔とちがって副調整室の仕事はすべてボタンを押すだけである。そういうところは大きくちがっているが、根本的な変化があるわけではなかった。取材そのものは一時間もあれば充分であった。

小説の中には副調整室のこまかい描写など必要ないだろうし、むしろ、ない方がいい。

――では、なぜ、そんな〈取材〉をするかというと、ぼくが安心するためなのである。

（そうか、ガラスの向こう側にタレントがいて、こっち側はそう変化がない。わかった……）

〈安心〉とは、これです。

『怪物がめざめる夜』は、人間の感情のからみあいが主であり、そして、いうまでもなく、フィクションである。

フィクションにリアリティをあたえる方法の一つは〈細部の真実〉である。平たくいえば、ところどころに、〈本当らしさ〉をはめ込まねばならない。そうした時、〈ラジオ局のちょっとした描写〉が役に立つ。〈安心〉していないと、これができない。〈安心＝自信〉だからだ。

十枚のポラロイド写真は大いに役に立った。新しく出た小型のポラロイド・カメラを買おうか、と、目下、思案中である。

1993

28　「アラジン」とロビン・ウイリアムズ

ディズニー映画といえば、ファミリー・ピクチュアで、適当にロマンティック、というイメージがあるせいか、「アラジン」にはびっくりした人が多いらしい。

牧瀬里穂も、「面白かったけど、子供がついていけるのかなあ」とラジオで語っていた。

封切られて、だいぶ経《た》っているのに、お客はよく入っていた。渋谷という街の映画館。最終回のせいか、子供の姿は見られない。

ひとことでいえば、砂漠の中の王宮で、ビンボーな若者アラジンがお姫様と結ばれるかどうかというお話である。一度ぐらいは読んだかな、という『アラビアン・ナイト』の一エピソード。世界を相手に商売するにはこういう話がよろしい。

しかし、アラジンや悪玉を紹介する発端のスピードには驚いた。〈必要だけど退屈〉な部分なので、スピードアップしてくれるのはありがたいが、なにか焦っているようなのだ。スピルバーグの悪影響ではないでしょうか。

アラジンには猿のおともがいて、悪玉には鳥がついている。猿も鳥もコメディ・リリーフ（脇《わき》で笑わせる息抜き役）なのだが、この二つの動かし方、ずっこけ方が下手なのである。これは意外だった。

つまりは、笑わせ方がせんさいでないということだが、その方面は、アラジンに味方するランプの魔神ジーニーの変幻自在な動きとジョークがひきうける。声の出演はロビン・ウイリアムズ。

ロビン・ウイリアムズのアドリブ芸（物真似《ものまね》その他）が先にあり、絵を合わせたとおぼしい。アメリカのショウビジネスの人たちの真似をやっているらしく、ぼくはさっぱり分からないのだが、それでも面白く、うしろの席のアメリカ人は笑い崩れていた。うらやましいな、どうも。

「アラジン」が語りつがれるとしたら、このジーニーの存在でしょう。これはもう、いやはや、まったく、すばらしい。

もう十年ぐらい前だったか、わが家の次女（当時十一歳）に、昔のミッキー・マウスやドナルドのドタバタをみせて「どうだ」と胸を張ろうとしたら、ぼく自身ががっくりするほどテンポが悪いのである。子供に相手にされず、情けなかった。（こんなものを面白がっていたの？）と同情されかねない雰囲気になった。

1993

ディズニーの長編漫画映画でいうと、ラヴ・ストーリーの甘い描写とギャグが別々に存在する時は、好みに合わない。しかし、世の女性は甘い描写が好きだから、ぼくの好みは孤立しても仕方がない。

「アラジン」では、アラジンとジャスミン姫の恋、アクションとギャグが一体となっている。ジャスミン姫は目が大きく、中近東風の顔立ちで、非常に行動的なのだ。その点を大いに認めたい。

魔法のジュウタン（これも脇役）をふくめて、ラストの大ワザ、大クライマックスがうまくいったのは、姫までが行動的だからだと思う。

ジャスミン姫の歌声をひきうけたレア・サロンガはフィリピンの美少女で、「ミス・サイゴン」のブロードウェイ・オリジナル版のキム役で、トニー賞を得た。すばらしい美貌《びぼう》と歌声で知られ、今年のアカデミー賞の式典でもジャスミン姫の姿で「ホール・ニュー・ワールド」をうたって喝采《かっさい》を浴びた。

——こういうコラムでは、映画は封切のはるか前か、ずっとあと（つまり多くの観客がみたあと）でないと、ドジなものになってしまう。夏に封切られた「アラジン」は年内ずっと上映されるとかで、安心して書ける。しかし、日本の映画館は高い。千八百円というと、NYの映画館の二倍ですぞ。

29　日米テレビ事情と〈こころざし〉

アメリカのテレビ史上で有名な〈ジョニー・カースンのトゥナイト・ショウ〉は一九六二年十月にスタートした。

夜の十一時台にさまざまな職業の有名人やスター候補を招いて、ジョニー・カースン（もとはコメディアン）が話をきく番組は、深夜の視聴者層を開拓し、NBCの名物番組になった。エセル・マーマン、ボブ・ホープのような大スターやトルーマン・カポーティがこの番組なら出演した。

この「トゥナイト」（略してこう呼ばれる）にヒントを得たのが、日本テレビの「11PM」であり、一九六五年十一月にスタートした。昭和でいえば、四十年秋である。

ホストは小島正雄だったが、急に亡《な》くなり、いろいろあって金曜日だけを担当していた大橋巨泉が月曜日も担当することになった。このころから、大橋巨泉は〈日本のジョニー・カースン〉をめざしていたとおぼしい。

このような始まり方をしたとしても、「トゥナイト」と「11PM」はまるでちがう番組だ。

よくいえば淡々とした内容で、ジョニー・カースンが夏休みをとると代役が司会をする「トゥナイト」と、東京（月・水・金）と大阪（火・木）で司会者と内容がかわる「11PM」とは、似ても似つかぬ番組だった。

昨年の春にジョニー・カースンは引退した。三十年、ひとりでやったのだから当然で、そのあとはジェイ・レノというコメディアンが継いだが、バトンタッチしたばかりのころ見たぼくはあまり感心しなかった。どうでもよいことだが。

久米宏《くめひろし》の「ニュースステーション」（テレビ朝日）に対する風当たりが強いのは、それだけ影響力が大きいからである。

テレビ朝日は後発のテレビ局で、かつてはテレビ局の体《てい》をなしていなかった。むかしテレビの仕事をしていたぼくは肌で知っている。

今のことは知らないが、世間では「ニュースステーション」と「クレヨンしんちゃん」だけの局とうわさしている。

その「ニュースステーション」に対する批判として、

〈アメリカのアンカーマン（キャスター）は自分の意見をいわないのに、久米宏は自分の意見をいっている。けしからん〉

という、アメリカ知ったかぶりの言い方がある。これはおかしい。「トゥナイト」と「11PM」が、初めの意図とは別に、まるでちがう番組になってしまったように、アメリカのニュース番組と日本のニュース・ショウとはまったくちがうものである。ちがうものを比較して、あれこれいっても仕方がない。

そんなことをいいだしたら、日本のニュース・ショウには、なぜ、〈意見をいわずにすわっているだけの若い女性が存在するのか?〉〈男が右、女が左にいるのは漫才の伝統のせいか?〉——といったアメリカ人の疑問を笑うことができなくなる。日本のテレビというのは、成立からして、アメリカの真似《まね》であり、しかもまったくゆがんで発達してきたフシギなモノである。

フシギなもののフシギたるゆえんは、各テレビ局が新聞社と系列化されていることにある。系列化されている以上、お互いに遠慮があり、テレビと新聞の相互批判に不自由が生じている。

そのくせ、久米宏バッシングに日本テレビ首脳が参加するといったおとなげないことがおこる。日本テレビは「ニュースステーション」のような番組が作れないからだろう、と夕刊紙にからかわれる羽目になる。

アメリカでも——と、あえていうが——完全に公平な報道なんてものはありえない。

ありえないことではあるが、しかし、それをめざすのは、マッカーシズムやヴェトナム戦争の報道でマスメディアがひどい目にあってきた過去を忘れまいとするためであろう。

30 「我輩はカモである」復活祭

東京の新宿に武蔵野《むさしの》館という映画館がある。

これは歴史のある映画館で、新宿区が一冊の立派な本を作ったほどだ。戦前は、東京の洋画封切館ベスト4の一つで、名門といわれた。

戦後も、アール・デコ建築のままで、映画の名門であったが、時の流れには勝てず、雑居ビルに変わった。それでも、ビルの中には、小さな映画館が入っている。いまの時代としては中程度なのかもしれないが、なにしろ、以前が大きかったから、(小さい)と感じてしまう。名前は〈新宿武蔵野館〉という。

十一月十五日から、ここのレイトショウで、マルクス兄弟の「我輩はカモである」が上映されている。いうまでもなく、「我輩はカモである」が正規の手つづきで、大画面で上映されるのは、戦後初めてである。(不正規ルートのフィルムの上映はいままでにもあったが。)

ぼくが35ミリフィルムの「我輩はカモである」をニューヨークやロスでみたのは、二

1993

十年も昔のことだ。その後は、ビデオでしかみていない。

今回は35ミリでの上映で、友人の森卓也《たくや》さんが苦心したスーパーインポーズが入るというので、喜んで出かけた。夜おそいのに、観客は百三十人も入っていた。

「我輩はカモである」（一九三三年）は大画面で見なくてはダメである。むかし、シネ・シエネガとかいう、ロスの外れの映画館（いまはもうあるまい）で見た時にそのことを痛感した。この映画は、ビデオでは、真価がわからない。

――フリドニアという怪しげな小国の大統領にグルーチョ・マルクスがなり、わけのわからぬ混乱のまま戦争に突入する。いってみれば政治喜劇であるが、マルクス兄弟四人がワガママで、監督のレオ・マッケリーが手を焼いたことは、マッケリー自身が語っている。映画ができるまでが戦争だったともいわれる。重要なシークェンスがとりやめになり、いま、われわれが見る形のフィルムが残された。

映画はマルクス兄弟最初の失敗作と評価され、興行的にも惨敗《ざんぱい》、パラマウント社はマルクス兄弟と縁を切った。

「我輩はカモである」が復権するのは、それから三十数年後、ヴェトナム戦争のさなかである。ここに描かれたデタラメ、ナンセンスきわまる戦争は、ヴェトナム戦争そのものであった。大統領みずからマシンガンで味方をうちまくり、部下に注意されると、五ドルで部下を買収しようとする。

一九六〇年代末から七〇年代初めにかけて、ふたたび、マルクス兄弟の時代がきた。彼ら（グルーチョだけが生きていた）のTシャツやジグソーパズルをぼくはニューヨークで買っている。


マルクス兄弟映画のモンダイは、言葉のシャレ、ダジャレをどう訳すかにある。

今回のスーパーは、

「あれは何だ？」

（戦車が走るショットが入り、）

「タンクス」

「どういたしまして」

という具合に、ダジャレのやりとりまで、うまく訳してある。これ以上の日本語スーパーは望めないだろう。

「我輩はカモである」は、マルクス兄弟の、というよりも、レオ・マッケリーの傑作である。こんなにギャグの多い（というか、ギャグだけの）映画も珍しい。

武蔵野館というと、高一の時、ホークスの「コンドル」やキャプラの「毒薬と老嬢」をみた映画館だ。そこで「我輩はカモである」をみるというのも奇妙な縁であった。

1993

31　老モダンボーイの退場

益田喜頓《きいとん》さんが十二月一日朝、大腸がんで亡《な》くなった。八十四歳。森繁久彌《もりしげひさや》が八十歳だから、喜劇・ミュージカルの最長老を失ったことになる。

益田さんが〈あきれたぼういず〉でデビューするまでのいきさつは、『キートンの人生楽屋ばなし』（北海道新聞社）にくわしい。おそらくは遺書のつもりで書いたものだろう。

戦前のコミック音楽グループ〈あきれたぼういず〉の結成は一九三七年九月で、三九年四月に分裂、川田義雄が抜けた。

有名なこの引き抜き事件で心に傷を負った益田喜頓は、やがて、〈あきれたぼういず〉からも抜ける。おりしも、単独出演した「歌ふ狸《たぬき》御殿」（大映・一九四二年）での河童《かっぱ》の役が好評であり、渋谷道玄坂上のジュラク座で益田喜頓一座を旗揚げする。太平洋戦争中のことだ。

大空襲にあった彼は故郷の函館《はこだて》にかえり、製材工場の工場長をつとめる。戦争が終ると上京、〈あきれたぼういず〉を再結成するが、芝利英《しばりえ》が戦死し、三人ではどうもうまくいかない。それでも、三カ月のホノルル・ロサンゼルス巡業をやっているのは大したもので、五一年に解散をする。

〈益田キートン〉と読み易《やす》い名前にして、新東宝の多くのアチャラカ映画に出たが、悪役が多かったように思う。芸人としては苦しい時期であった。やがて、一九五六年からの東宝ミュージカルスで年期の入ったアチャラカの舞台芸を見せる。ぼくがみた中では、「爆笑忠臣蔵」で演じたボケ役の吉良上野介《きらこうずけのすけ》が出色だった。

演技者として芸術座での「がっこの先生」（五九年）が評価され、そうした評価が「マイ・フェア・レディ」（六三年）のピカリング大佐役で結実する。この役はブロードウェイ版ではロバート・クートが演じ、いずれもがっちりした体格の大男である。

このとき、喜頓は五十四歳だった。

ピカリング大佐役にめぐりあわなかったら、喜頓は〈ちょっと面白かった昔のコメディアン〉としか記憶されなかっただろう。

〈あきれたぼういず〉のCDをきけばわかるのだが、喜頓は〈引きの芸〉〈受け身の笑い〉の人である。他の三人と外れたことをやって、しずかにずっこけるところに味があった。

ピカリング大佐は、ほぼ全部出ずっぱり。途中で一曲うたうだけで、あとは他の人の芝居を受ける。むずかしい役である。

この当時、ぼくは益田さんの話をよくきいたが、

「初日のカーテンコールで涙が出ましてね。今まで泣いたことはないのに」

と語ったのを覚えている。

その後、「努力しないで出世する方法」「屋根の上のヴァイオリン弾き」「王様と私」と、輸入ミュージカルに不可欠の人となった。「努力しないで出世する方法」の社長役は、オリジナルがルディ・ヴァレーで、益田さんにぴったりであった。

ぼくは一度も怒られたことがないが、自分にもきびしい益田さんは相手が若いからといって許すことがなかった。筋が通らないと、はげしく怒った。

個人主義者であり、パーティに出ても十分といない、と自伝にある。

浅草の真ん中に住んでいたが、地上げの狂乱のあと、一九九〇年五月に函館に帰った。〈あきれたぼういず〉のころから〈静けさ〉を大事にしていた人にふさわしいけじめのつけ方で、ダンディなモダンボーイらしい晩年であったと思う。

合掌。

32　ボガート、東京に現る

悪夢の中にいるよう、というか、なんなのだこれは的気分で、スクリーンを見つめていた。場所は渋谷のシードホール。

ハンフリー・ボガートが日本の闇市《やみいち》を歩いている。季節は夏らしいが、なんと、例の〈カサブランカ・トレンチコート〉を着ている。GHQの建物（第一生命ビル——現在も同じ建物がある）を出たボガートは日比谷《ひびや》交差点の角にある旧三信ビルに入る。そこは米軍（占領軍）の憲兵隊本部らしい。

本邦初公開の「東京ジョー」（一九四九年）はそういった場面で始まる。ボガートは来日せずに、スクリーン・プロセス（そこに当時の東京の風景がうつる）の前で芝居をしているのだが、信じられないほど見事な技術である。銀座を歩くボガートは吹きかえなのだが、B級作品にしてはしっかり出来ている。

コロンビア映画のマークで始まるので、おやおやと思うのだが、これはサンタナ・プロの作品。ボガートが節税のために作った会社らしい。

金はかかっていない。東京ロケはしているが、ドラマの部分はすべてハリウッド。有名なスターはボガートだけで、早川雪洲《せっしゅう》、フローレンス・マリー（「海の牙《きば》」）のほか、知っている名前がない。

前半は「カサブランカ」の焼き直しだ。かつて東京で「東京ジョー」というカジノ（！）をひらいていたボガートが敗戦後の東京にもどると、かつての妻（フローレンス・マリー）は米軍将校と結婚し、女の子がいる。女の子は、太平洋戦争のために帰国させられたボガートの子だとわかってくる。そして、「アズ・タイム・ゴーズ・バイ」の代わりに名曲「ジーズ・フーリッシュ・シングズ」がレコードや日本人の歌声（日本語）で流れる。この三角関係はもろ、「カサブランカ」ですね。

しかし、日本人側の悪役が弱い。謎《なぞ》の怪人キムラを演じる早川雪洲はいたずらに堂々としているが、〈カマクラ・ゴンゴロウ・カゲマサ〉といった人物が出てくるので失笑してしまう。

焼け跡ハードボイルドとしての骨組みはまあまあなのだが、ソウルから密入国する三人の旧日本軍の大物（中には、〈かつて戦争で敗《ま》けたことのない将軍〉というのがいる）がコミュニストというのはムチャクチャだ。占領軍に追われている戦犯が三人ともコミュニストになっているという設定は、いかにも当時のハリウッドである。

そこのところが無理だし、誘拐されるボガートの娘役の子がかわいくないせいもあって、映画の中のボガートは居心地が悪そうである。

欠点・弱点はあるし、柔道をはじめとするアクション・シーンでは、ボガートの役はすべて吹きかえ、スタントマンが演じている。ボガートは五十歳だから仕方がない。しかし、もっと変な日本が出てくると思っていたら、監督のスチュアート・ヘイスラー、意外にまともだった。そこらが物足りないほどだ。ハリウッドで撮った部分は、「ブラック・レイン」（一九八九年）よりもまともである。

ボガートが出てくるからハリウッドのセットなのだが、その壁に「蜂《はち》の巣の子供たち」のポスターが貼《は》ってある。清水宏監督が戦災孤児を描いた有名な作品で、封切は一九四八年。「東京ジョー」のロケがおこなわれたのはおそらく一九四八年夏だから、ぴったり合う。

「東京ジョー」が日本で封切られなかったのは、悪役が日本人だからだろう。だが、それまでヨーロッパにいた早川雪洲はこの作品でハリウッドに復帰した。

一部マニア向きの珍品というところか。

1993

1994

33　抜群の重コメディ「月はどっちに出ている」

明けましておめでとうございます。本年もどうぞよろしく。

と挨拶《あいさつ》をしたところで、実は、日本映画に関するかぎり、めでたくないどころか、寅《とら》さん、ゴジラを除けば、もうひどいものである。

考えてみれば、三十年前にも、こんなことを書いていたと思う。ただ、観客の数が今よりずっと多かっただけだ。いまや観客数が底をつき、そこから〈日本映画の再生が始まる〉などと書く評論家もいるが、そんなこたぁない。

しかし、不景気な話はやめよう。明るい気分になる映画もあるのだ。昨年暮のぎりぎりに観《み》たこの映画は、もっと早くご紹介したかったのだが、なにしろ都内で一館だけ上映していて、行くたびに満席、おことわり。やがて、もう一館あいたので、かけつけ、なんとか間に合った。（もう都内では上映していないはずだ。）実にフシギな味わいの快作は崔《さい》洋一監督の「月はどっちに出ている」である。

映画は足立区あたりのタクシー会社に元自衛隊員の新人が入ってきた光景で始まる。キャメラを引いたままで、誰が誰やらわからず、台詞《せりふ》もききとりにくい。が、どうやら群像ドラマであるらしいことはわかる。（あとで考えたが、ロバート・アルトマンの「マッシュ」以降の作品に似てると思った。日本映画らしくないところも含めて。）

次はいきなり、結婚式である。北と南の在日コリアンが明治記念館で式をあげるという皮肉。しかも、トラブルをまじえながらの式はとても盛り上がる。これはふつうクライマックスにもってくるところだが、崔洋一はそうはしない。

主人公とでもいうべき忠男（SETの岸谷《きしたに》五朗）は式のさいちゅうでも、さかんにナンパをこころみている。在日朝鮮人二世をこういうタッチで描いた映画はかつてない。

じじつ、この映画をみていると、われわれの硬直した姿勢はコッケイに思えてくる。在日というだけで、重苦しい内容ではないか、笑ってはいけないのではないか、という硬さはくずれてくる。

忠男はタクシードライバーだが、女たらしで、甘えん坊で、いいかげんな人間である。忠男の同級生の一人は金田タクシーの二代目社長。もう一人は怪しい金融業者である。

さらに、ドライバー仲間は、とみると、パンチドランカーあり、子づれ男あり、ヤンキー上がりあり、出稼ぎイラン人ありで、元自衛隊員にいたっては方向音痴、「自分はどこにいるのでありましょう？」と社に電話をかけ、管理職（麿赤児《まろあかじ》）に「月はどっち

1994

しに出ている?」と怒鳴りつけられる。この「月は……」は連続ギャグになっていて、しだいにエスカレートする。

忠男の母親は十歳で朝鮮半島から日本にきて、新宿でフィリピン・パブを経営している。そこで働いているホステス〈ルビー・モレノ〉は〈大阪弁しか話せないフィリピン人〉で、忠男とデキてしまう。

あらゆる国籍の人物がここでは相対化されている。思想ではなく生活中心主義。クレイジー・キャッツのテーマ曲〈クレイジー・リズム〉で始まり、それで終るドラマは、いまの東京のある部分の風俗をきわめて正確に描いている。もう一つの「東京物語」というべきか。

岸谷五朗は動きが実にキレる。ルビー・モレノの大阪弁は、この映画を陽性のコメディにするのに大きなプラスで、演技賞ものだ。

もう一人、朝鮮問題について知ったかぶりをする萩原聖人《はぎわらまさと》のサラリーマンが、少ししか出ないが出色の出来で笑わせる。鈴木清順が出たりする欠点には目をつむろう。

おそらくは、昨年の日本映画のベストワン。しかし、洋画をみた気分なのが面白い。

34 〈自然体面白番組〉の人気

不況のせいだけではなく、テレビもラジオもすっかりつまらなくなった。

不況と一口にいうが、バブルがはじけて元にもどっただけである。ぼくたちが一九六〇年代にテレビ・ヴァラエティの仕事をしていたころにくらべれば、ずっと豊かなのだ。

ラジオでいえば、「オールナイトニッポン」（ニッポン放送）が（ぼくにとっては）つまらなくなった。十代の少年少女を対象にしているが、リスナーの年齢はどんどん下がってゆく。小学生の投書があったりするのは、パーソナリティにとってもがっくりだろう。

タモリ、ビートたけしはシモネタにたよったりしなかった。所ジョージもそうだった。いまや、ラジオは、シモネタ、ＳＥＸネタの盛りである。

「オールナイトニッポン」に限れば、女性陣が消えたあと、歌手の篠原美也子《しのはらみやこ》がひとりがんばっている。中島みゆきの再来のような資質に（今のところ）思えるが、水曜二部（午前三時から）という不利な枠の中で、やむなくシモネタを入れていて、痛々しい。ぜひとも、一部に昇格させて欲しい。

1994

最近のテレビをみていると中山秀征《ひでゆき》、松本明子、飯島直子、松村邦洋《くにひろ》といった若手（?）がクイズ、トーク番組、ともに多く出ている。これは〈源泉〉の部分をおさえておかないと、人気の理由がわからない。

松村邦洋と松本明子コンビは、おそらくは全国で放送されているであろう「進め！電波少年」での人気がもとになっている。その勢いで、松村は「オールナイトニッポン」の水曜一部にも出ている。太田プロパワーとでもいうのだろうか。

さて、中山、飯島であるが、これは東京地区で土曜日の夜中、日曜日の〇時から一時まで放送される「DAISUKI！」(日本テレビ)の人気がもとである。

「DAISUKI！」は、この時間帯で十パーセントもとるという人気番組である。ポスト・バブルの、土曜の夜をひとりですごす若者の感性にピッタリで、おとなのファンも多い。ぼくなど、一週間のうちで見るのはこれだけ、という時もある。

飯島直子が元ツッパリ美女、松本明子（ここにも出ている）が三枚目でケチ、中川秀征が双方に気をつかう二枚目半のまとめ役——これらのキャラクター配分がまずよい。

そこにゲストが一人入って、釣り、街歩き、ビリヤード、パチンコ、ボウリング、マージャンなどに挑戦してゆくのを、のんびりと一時間見せる。せかされるような番組が多い中で、このテンポが土曜の夜にふさわしい。

利《き》き酒大会の回では全員が酔ってしまう。ビリヤードでは飯島直子が意外な腕をみせたり、予期せぬ部分が面白い。三人がリサイクル運動を手伝うまじめな回もあり、そこらのバランスがうまくいっている。

TBSがすぐに真似《まね》た番組を作り、こちらの方はスターが出ているのだが、ぱっとしない。スターなど必要ないのだ。現代では、マイナーこそメジャーだという七〇年代の橋本治の有名なテーゼを噛《か》みしめる必要がある。

フジテレビの〈むりやり面白路線〉に対して、日本テレビが提出したのが「進め！電波少年」と「DAISUKI！」というのも興味がある。

「進め！電波少年」は法すれすれの〈乱暴面白番組〉であり、「DAISUKI！」は〈自然体面白番組〉である。後者はレギュラー三人の動きを観察する〈わくわく人間ランド〉のおもむきさえある。

ちなみにバウバウ松村をのぞけば、中山、松本、飯島は若いわりにキャリアが古い。松本明子が×××××発言事件でテレビ局出入り禁止になったのは十年以上前ではなかったか。

注・「DAISUKI！」は、メインの三人の人気が出て、忙しくなり、番組がパワーダウンした。

1994

35 プレストン・スタージェスご紹介

映画監督プレストン・スタージェスを改めてご紹介する。

――といっても、彼はとっくに亡《な》くなっている。一九五九年八月六日にこの世を去った。

プレストン・スタージェスは天才的な喜劇作家だった。その作風は、近年では〈スクリューボール・コメディ〉といわれる。

辞書で、〈スクリューボール〉をひいてみると、①ひねり球②奇人・変人とある。ぼくは①の意味に考えていたのだが、どうやら、この場合、②をさすらしい。

すでにWOWOWで彼の「モーガンズ・クリークの奇蹟《きせき》」と「殺人幻想曲」が放映されているから、この〈とんでもない喜劇作家〉の仕事に触れた人もあるかも知れない。

スタージェスがアメリカでまともに評価されるようになったのは一九七〇年代からで、八〇年代に入って研究が本格化し、マニアックになった。（近く日本でも研究書の一冊が訳される。）

プレストン・スタージェスは一八九八年シカゴ生まれ。母親がヨーロッパの教養にあこがれていたので、幼年時代からヨーロッパのあちこちで教育を受けた。つまり、ヨーロッパ芸術のエキスをつめ込んで成長し、ブロードウェイでの劇作、演出のみならず、役者としても舞台に立った。大変な二枚目でもあった。

やがて、映画にトーキーの時代がくる。

ハリウッドは、気のきいた台詞《せりふ》の書けるライターを高額で迎え入れた。

はじめはダイアローグ（台詞）担当だったスタージェスは、一九三三年の「力と栄光」で脚本家になる。このシナリオで、彼はナラタージュ話法（登場人物の一人が物語を語るやり方）を用い、当時の日本映画に影響をあたえたと飯島正氏が書いている。

監督を手がけたのは一九四〇年の「偉大なるマクギンティ」で、アカデミー・オリジナル脚本賞を得た。

いらい、彼が作った映画は十二本。すべて脚本を自分で書いている。〈ライター・ディレクター〉の元祖であり、同じく〈ライター・ディレクター〉として出発したビリー・ワイルダーにわずかに先んじている。

十二本の作品を残したが、その中の八本はパラマウント作品。ハリウッドでも、もっともおしゃれな作品を放っていたパラマウントとスタージェスの作品のカラーは、しっ

1994

かり結びついている。

今年の春、日本で公開されるのは、

「レディ・イヴ」(一九四一年)

「サリヴァンの旅」(一九四一年)

「結婚五年目」(一九四二年)

の三本で、パラマウント時代の代表作といってよいだろう。(かつて公開された「結婚五年目」は、なぜか「パームビーチ・ストーリー」の題で公開される。こういう勝手な改題は商売としても損。「荒野の決闘」を「いとしのクレメンタイン」と改題したり、ルビッチの「桃色《ピンク》の店」を「街角」と改題、公開したケースは、いずれも興行的に失敗している。)

三本のうち、アメリカの映画保存法で保護指定になったのは「サリヴァンの旅」。スタージェスのアイデンティティ探し映画で、フェリーニの「8½」に先行している。が、おそらく、日本では「レディ・イヴ」が受けるだろう。

大金持ちのぼんぼんのヘンリー・フォンダ(若いですぞ、鼻が孫のブリジット・フォンダにそっくり)がバーバラ・スタンウィックの女サギ師と恋におちてからのやりとり、ドタバタが大いに笑わせる。

もちろん、「結婚五年目」にも、あっという落ちがあり、これまた、新しい映画。お見落としなく。

1994

36 「めぐり逢《あ》えたら」への注文

ノーラ・エフロン女史の名前を知ったのは「シルクウッド」（八三年）の脚本家としてで、頭にきざみ込まれたのは「恋人たちの予感」（八九年）の脚本でだった。「恋人たちの予感」は、ビリー・クリスタル、メグ・ライアン共演の当世風ロマンティック・コメディで、スタンダード・ナンバーがちりばめられ、思わずＬＤを買ってしまった。

女史の初監督作品「ディス・イズ・マイ・ライフ」（九二年）はアメリカの飛行機の中でみた。母親がスタンダップ・コミック芸人として売れてしまったために子供たちが困惑する話だが、昔の言葉を使えば、〈ハート・ウォーミング映画〉、つまり、心あたたまる話だった。

女史の新作「めぐり逢えたら」（この邦題はうまい！）は、「恋人たちの予感」の姉妹篇である。メグ・ライアン主演、「恋人たちの予感」の監督ロブ・ライナーが脇役《わきやく》で出ることもさることながら、スタンダード・ナンバーがいっぱい。しかも往年のコメディアン、故ジミー・デュランティが二曲うたっているのがうれしい。

ストーリーは、リスナー参加のラジオ番組で子供が「パパに新しい奥さんを」とリクエストする。いやいやながら電話に出た父親(トム・ハンクス)は、一年半前に妻を失った悲しみを訴える。ここまでは今の日本のラジオ状況でもあり得る話だ。

放送を耳にしたキャリア・ウーマンのメグ・ライアンは心を惹《ひ》かれる。彼女には婚約者(ビル・プルマン)がいるのだが、それどころではなくなる。自分でも〈クレイジー〉と認めながら、トム・ハンクスの住むシアトルに向かう。

アメリカで大ヒットしたというこの映画が、いまいちなのは、中心になっている子供が感じ悪いせいである。父子だけの生活描写は「クレイマー・クレイマー」を想《おも》わせるが、このガキがどうもよろしくない。顔も不愉快である。アメリカでも子役がいないのだなあと思う。しかも、父親のトム・ハンクスの悲しみが案外描けていない。(トム・ハンクスはどうも……もう少しロマンティックな二枚目はいないものか。)

そういうわけで、メグ・ライアンの婚約者は踏んだり蹴《け》ったりの目にあうのだが、大昔のシーザー・ロメロ、昔のトニー・ランドールのように〈ひどい目にあう専門役者〉がいないので、お話がかちっとしない。

ラストのエンパイア・ステート・ビルの展望台での出会いは、レオ・マッケリー監督の佳作「めぐり逢い」(五七年)が下敷きになっているのだが、むしろ、「めぐり逢い」

1994

や同じ監督によるその原型版「邂逅《かいこう》」(三九年)をみたくなってしまう。

昔のハリウッド映画の引用、ロマンティック(?)なストーリー、スタンダード・ナンバーの数々が用意されていても、一体となって観客に迫ってこないのが、この映画のヨワいところである。

むしろ、この映画が大ヒットする社会状況にぼくは興味がある。『マディソン郡の橋』が売れに売れている現象に通底するものがあるのではないか。そして、そういう〈ロマンスの時代〉は、日本にも近づきつつあるのではないか。

余談を一つ。記憶で書くのだが、昔の日活映画「銀座の恋の物語」(六二年)は「めぐり逢い」をかなりうまく消化していたように思う。「めぐり逢い」だけでなく、「心の旅路」も入っていたようで、これが裕次郎メロドラマの出発点になった。

「めぐり逢えたら」に戻るが、メグ・ライアンが絶対に良い。ハリウッドのロマンティック・コメディが再興するとしたら、やはり、メグ・ライアン、ノーラ・エフロン女史あってのことだろう。

37 「めぐり逢い」を再見して

新作「めぐり逢えたら」が一九五七年の「めぐり逢い」を下敷きにしていることは、すでに書いた。

知り合いの若い女性が「めぐり逢えたら」をみて、急に「めぐり逢い」がみたくなったという手紙をくれた。どうも、奇妙に「めぐり逢い」がみたくなるらしい。

渋谷の映画館では、同じ建物の中でこの二本を別々に上映していた。昨年のクリスマスごろだが、けっこうなことである。とくに「めぐり逢い」はシネマスコープ作品なので、映画館でないと気分が出ない。

とは言いながら、忙しくてバタバタしているぼくは、ビデオで「めぐり逢い」をみた。

「めぐり逢い」はすれちがいドラマの古典である。

婚約者のいる男女、ケイリー・グラントとデボラ・カーが船の中で知り合い、恋に落ちる。

1994

この前半では、五十三歳のケイリー・グラントが善戦している。プレイボーイの年貢《ねんぐ》のおさめどき、なんて役に説得力を持たせられるのは、ケイリー・グラントだけだろう。デッキで、デボラ・カーのまわりをまわりながら口説く演技は手なれたものだが、うまい。このタイプの役者は世界のどこにもいないと、つくづく感心した。

「めぐり逢い」は「邂逅《かいこう》」(一九三九年)の、同じ監督(レオ・マッケリー)によるリメイクであるが、双葉十三郎《じゅうざぶろう》さんは「邂逅」を〈秀作〉と評している。こちらはシャルル・ボワイエとアイリーン・ダンが主演。上映時間は八十七分である。一時間半弱。つまり、その長さがぴったりのストーリーなのである。

一方、「めぐり逢い」は二時間弱で、三十分長くなっている。おそらく、南仏の村を二人が訪れる〈絵ハガキ的描写〉あたりで伸ばしているのだと思う。レオ・マッケリーは、シネマスコープのフレームの中でのストーリーテリングに四苦八苦しているようにみえる。

後半は、二人が(それぞれ抱えている問題を解決したあとで)エンパイア・ステート・ビルの展望台で落ち合う約束を果たせるかどうかというサスペンスである。ビルのすぐそばまで行きながら、デボラ・カーが交通事故にあったため、約束は果たされずに終る。

事故にあったとしても、そのことをケイリー・グラントに知らせればいいじゃないかと思うのだが、そこは古典的メロドラマ、女はガンコに沈黙を守る。このあたりは一九五七年でももうムリなのだが、デボラ・カーという〈つつましさ〉が売り物のスターによって、なんとか押し切ってしまう。（しかし、どうみてもムリですな、これは。）

結局は、めでたし、めでたし、になるのだが、そこまでのプロセスがありきたりで、レオ・マッケリーの演出にも〈切れ〉がない。（日本に輸入されたマッケリー作品はこれが最後になった。）

前半は退屈、後半はありきたり、では、いいところがないみたいだが、豪華客船のダイニング・ルームでの二人のお芝居は、やはりケンランというか、後光がさしている。

「めぐり逢えたら」が「めぐり逢い」から、けっこう、いろいろもらっているのもわかった。

たとえば、デボラ・カーの婚約者はまったく〈いい人〉になっており、〈しかし魅力のない男〉である。こういう在り方が、「めぐり逢えたら」のメグ・ライアンの恋人にも、そのまま受けつがれている。

ただし、エンパイア・ステート・ビルに上がるのは七月が最適（「めぐり逢い」）。クリスマス（「めぐり逢えたら」）なんて凍えてしまう。ぼくは十月の初めに上がって、寒さにふるえたのです。

1994

38 マルクス兄弟inレーザーディスク I

マルクス兄弟の映画がレーザーディスクで六作品、いっきょに出た！

これがいかに画期的なことかは少々説明がいるかも知れない。

アメリカの喜劇史上——というよりも二十世紀の文化史上もっとも偉大なコメディアンたち、マルクス兄弟の映画は、日本では映画館でみることができない。（さきごろ、「我輩はカモである」のみがナイトショウで公開されたことはすでに書いた。）

一九二九年から四九年まで、十三本の作品を残して消えたマルクス兄弟。彼らはドイツ系ユダヤ人であり、ヨーロッパの道化の伝統を色濃く感じさせる。

四人兄弟の名は、グルーチョ、ハーポ、チコ、ゼッポ。

キャラクターをご紹介しよう。

グルーチョ——言葉の詐欺師《さぎし》。わびしい女たらしで、ダンスを好む。

ハーポ——金髪で、口がきけない。その演技はシュールリアリズムの域に達する時がある。ハープの名手。

チコ――〈イタリア移民〉の恰好《かっこう》をしている。これも詐欺師で、グルーチョとのやりとりで火花を散らす。ピアノの名手。

ゼッポ――二枚目で、少しうたうだけ。初めの五作品で姿を消す。

――ということは、〈マルクス四兄弟〉と〈マルクス三兄弟〉の時期があるわけで、今回発売されたレーザーディスク（パイオニアＬＤＣ）は、パラマウント社における〈四兄弟〉の五作品と、五年後にＲＫＯで作られた〈三兄弟〉の「ルーム・サービス」である。

まず、パラマウントの五作品をご説明しよう。

1　「ココナッツ」（一九二九年）

文字通りのバブル、フロリダの土地開発ブームを背景にした一種のミュージカル映画で、ココナッツ・ホテルが舞台。

ホテルのマネージャーのグルーチョが従業員たちに吐く名言の一部。

「幸福は金じゃ買えない。金も幸福じゃ買えない」

この映画の最初のほうは少し我慢して欲しい。二十分たって、ハーポとチコが登場すると、目がさめるようなシーンが展開する。それはもう〈ギャグ〉を超えている！

2　「けだもの組合」（一九三〇年）

マルクス兄弟の舞台はこういうものだった、ということがわかる映画。

グルーチョの生涯のテーマ曲となった「キャプテン・スポルディング万才」がうたわれるシーンだけでも一見の価値があるが、とくにラストシーンのハーポのアナーキーぶりが秀抜。

3 「いんちき商売」(一九三一年)

うっかり書き忘れたが、「ココナッツ」「いんちき商売」「ご冗談でショ」の三作は、日本ではビデオが出ていない。つまり、スーパーが入っての発売は初めてである。

「いんちき商売」は密航者である四人組がドタバタ逃げまわる前半(ギャングの争いがからむ)と、船を脱出してからの話にわかれているが、ストーリー的にはどうということもない。映画としては、前二作よりもはるかにスムースだが。

この映画ですばらしいのは、ユーモリスト(というのか、言葉の天才)S・J・ペレルマンが加わった脚本であり、そういう〈言葉の面白さ〉が、今度初めてわかった。

たとえば、グルーチョの台詞《せりふ》。

「おれを買収する気か?(とすごんで) いくらだ?」

ラストで、物語が終っても、グルーチョ、ハーポ、チコはワラの山を掘りかえしている。「なにをしている?」と問われて、グルーチョ、「針を探している」。

〈ワラの山の中で針を探す〉とは、英和辞典に出ている通り、〈ムダ骨を折る〉ことでした。

39　マルクス兄弟 in レーザーディスク II

4　「ご冗談でショ」（一九三二年）

レーザーディスクの解説で、森卓也《たくや》氏がマルクス兄弟映画はこの作品から見始めるとよいと書いているが、ぼくも同感だ。

「けだもの組合」「いんちき商売」で鳴っていた曲「シュガー・タイム」が全面的に使われ、他にも二つのおぼえ易《やす》い歌が登場人物によって歌われる。ミュージカルというよりも、オペレッタのような効果をあげている（作詞作曲はバート・カルマーとハリー・ルビー）。

おそらくは、マルクス兄弟の映画における最初の成功作。軽快なテンポ、視覚的なギャグ、ほどほどにシュールなギャグ。なんといおうと、アメリカのコメディアンが一度は通過する〈大学青春コメディ〉をえらんだのが勝利の一因だ。

ただし、〈青春〉を象徴するゼッポ・マルクスはほんの少し出るだけで、どういうわけか大学学長に就任したグルーチョ、密造酒屋のチコ、野犬捕獲員のハーポの中年男た

1994

ちが活躍する。

ぼくがこの映画でもっとも好きなのはオープニングで、グルーチョがうたい踊る「なんでも反対」というナンバーだ。学生ならともかく、学長みずから、すべての規則に反対で、しかもフットボール・チームを強くするために闇《やみ》酒場に選手をスカウトに行くという出だしが、なんともでたらめである。(「ご冗談でショ」という当時の日本の流行語を使った邦題もすばらしい。)

グルーチョの台詞《せりふ》もさえわたり、

「私の意見が正しいというのか？　それは問題だ」

などと笑わせる。

また、チコが十八番のピアノをひくというとき、グルーチョが観客に向かって、

「ロビーで一服したら、いかが？」

つまり、ひどいピアノだというわけだが、こうした舞台芸人のやり方(藤山寛美がよくやりましたな)を映画で初めて生かしたのはグルーチョ・マルクスだ。

5　「我輩はカモである」(一九三三年)

マルクス兄弟の到達点で、カルト・ムーヴィー。とにかくごらんください、というしかない。戦争をからかった諷刺《ふうし》コメディの傑作だが、この映画をめぐって、レオ・マッケリー監督とマルクス兄弟も火花を散らした。

6 「ルーム・サービス」（一九三八年）

「我輩はカモである」が興行的に惨敗《ざんぱい》したあと、マルクス兄弟はＭＧＭへゆき、「オペラは踊る」「マルクス一番乗り」の二作をつくる。そのあと、好条件でＲＫＯへゆき、「ルーム・サービス」に出演した。

「ルーム・サービス」はブロードウェイのヒット戯曲の映画化で、原作そのものが〈よくできたホテル・コメディ〉である。マルクス兄弟初めての原作物だが、キャメラがホテルから出られないのが弱点で、ハーポのみが光り輝いている。

なお、この原作は一九四四年にＲＫＯで再映画化され、グルーチョが演じたインチキ・プロデューサーをジョージ・マーフィーが演じ、若い劇作家を新人のフランク・シナトラが演じた。邦題は「芸人ホテル」。シナトラをみて、実につまらない奴《やつ》だと思ったものだ。ジョージ・マーフィーのタップダンスがすごかった。

世の中はおかしなもので、いまのシナトラ夫人は、「我輩はカモである」でスクリーンから消えたゼッポ・マルクスの奥さんだった人である。未亡人を奥さんにしたのだろう。

シナトラのショウで、必ず奥さんにスポットをあて、大事にしているのを見ると、なんだかフシギな気持になる。

40　なんでやねん！　――香川登枝緒《としお》氏の死に接して――

一九六〇年代の前半に、大阪発の公開コメディ「スチャラカ社員」「てなもんや三度笠《さんどがさ》」（朝日放送）で名前が全国区になった放送作家の香川登枝緒氏が三月二十九日に亡《な》くなった。三十一日が告別式で、その夜、朝日放送は一時間の特別番組を放送した。「てなもんや三度笠」に東京で最初に着目した若者という理由で、ぼくは香川氏に親しくさせていただいた。（ぼくは三十になったばかりだった。）

香川氏の仕事は、六〇年代の「てなもんや」シリーズを主とした前半と、大阪ローカルの名士であり、松竹新喜劇の（というよりも藤山寛美の）座付作者としての後半にわかれると思う。興味のある読者は、新潮文庫の『日本の喜劇人』（「てなもんや」シリーズについて記してある）をのぞき見していただきたい。香川氏がどういうことをしてきたかがわかるはずだ。

香川氏が集中治療室に入ったことを二、三の人から知らされていたので、訃報《ふほう》そのものには、さほど驚かなかった。驚いたのは新聞に出ていた年齢である。〈六十九歳〉——なんでやねん、という気がした。香川氏は七十六か七のはずである。

新幹線で大阪へゆき、一心寺のお通夜《つや》で朝日放送の方々のなつかしい顔を見て、

「あの年齢は何ですか？」

ときくと、

「あれが正しいのです。大正六年生まれというてはりましたが、大正十三年の生まれだったのです」

という返事だ。

生年だけをみても、七年、サバを読んでいたことになる。芸能界でサバを読むのはフツウだが、たいていは若く言う。七つ多くサバを読んだのは香川氏が初めてではないか。

朝日放送から送って頂いた大阪ローカルの特別番組をみると、桂米朝《かつらべいちょう》さんが早くからそのことを知っていたらしい。

一昨年、警察病院に見舞いにいった米朝さんに、

「あんたにあやまらならんことがある」

と前置きして、香川氏は〈年齢のサバ〉を打ち明けた。米朝さんはびっくりしたらしい。その理由は昭和十年代にさかのぼるのだが、吉本せい（吉本興業の創始者）がからん

1994

でいる古さだ。それにしても、吉本せいほどの人が十六歳の香川少年を二十三歳と見あやまるかという疑問は残る。

家に戻ってから、香川氏の旧著『大阪の笑芸人』をひらいてみた。生年は〈一九一七年〉と記してあり、誕生日がくれば七十七歳になる——はずだ。むろん、これはフィクションである。

お通夜の席で、香川氏の兄さんという方に紹介されたが、色が黒く、がっちりした人であった。しかも、若々しい。香川氏が異様なまでに老《ふ》けていたことがわかった。三十歳のぼくが初めて会った香川氏は、四十六と称していたが、実は三十七、八だったのである。そう考えると、あれほどブロードウェイ・ミュージカルのLPに固執したのがわかるし、感覚の若さもわかる。

それにしても——。

七つ多くサバを読んだために、〈大阪の芸能の生き字引〉と尊敬はされたが、ツジツマが合わない部分が出てきたのは想像できる。ぞっとするようなことである。

にもかかわらず——。

故横山エンタツさんは「古いこと、よう知っとるよ、あの男は」とぼくに言い、追悼番組の中で米朝さんは「大正から昭和にかけての芸能について訊《き》ける相手がいなくなりましたな」とボヤく。

ぼくは呆然《ぼうぜん》として、こうつぶやいた。
（なんでやねん！）

1994

41 喜劇人ジェリー・ルイスの弱気

「マーティン&ルイス・彼らの喜劇の黄金時代」というテレビの特別番組を見た。アメリカで放送されたものだ。

アメリカには、コメディ・チームというものがあって、サイレント喜劇いらい歴史が長く、トーキーに入って、ローレル&ハーディ(彼らのピークはサイレントだと思うが)、マルクス兄弟、ビング・クロスビー&ボブ・ホープ、アボット&コステロときて、一九五〇年代に入ってマーティン&ルイス。ここで〈チーム・ワーク〉は切れてしまう。

このあと、アモス&アンディ、チーチ&チョンもあるが、人気が持続できなかった。「サタデイ・ナイト・ライヴ」のベルーシ&エイクロイドというのもあるが、これは単独でやれる人たちがたまたまコンビを組んだケースで別格。(そういえば、ビング・クロスビーとボブ・ホープもそうなのだが、アメリカの本ではこの二人をチーム扱いしていることが多い。)「サタデイ・ナイト・ライヴ」でいえば、「ウェインズ・ワールド」の二人組がいるが、いつまでもつだろうか。

ディーン・マーティンは「ザッツ・アモーレ」などで知られた歌手、クルーナー系である。

一方、ジェリー・ルイスはまるっきりのパー（役の上で）である。そうそう、日本での第一作「底抜け艦隊」が封切られた時のキャッチコピーが、〈ちょっとした二枚目、ちょっとイカれた男〉だった。

特別番組は現在の肥《ふと》ったジェリー・ルイスによって語られる。マーティン&ルイスは喧嘩《けんか》別れしてから一度も同席していないことで有名だが、いかなる心境の変化か、ルイスはディーン・マーティンをほめまくっている。

ジェリー・ルイスはマーティン・スコセージ監督の「キング・オブ・コメディ」（一九八三年）に出ていたから、あれで知った若い人が多いかもしれない。ロバート・デ・ニーロがあこがれる、文字通り、〈喜劇の王様〉の役である。

ジェリー・ルイスは一九二六年、ニュージャージー生まれ。ユダヤ系の芸能一家の子で、本名はジョゼフ・レヴィッチという。

十代からナイトクラブのコメディアンとなり、一九四六年、二十歳で、九つ上のディーン・マーティンとコンビを組んだ。ニューヨークのコパカバーナ・クラブに出ていたとき、映画にスカウトされ、「わが友アーマ」（一九四九年）に特別出演し、大ヒット。

以後、一九五六年の「底抜けのるかそるか」まで十六本の映画に出、ヒットメーカーとして知られた。

二十代なかばでスターになったジェリー・ルイスがTVの「クロスビー&ホープ・ショウ」をメチャクチャにして、ビング・クロスビーが怒って帰ってしまうシーンが特別番組にあったが、「古い世代は消えちまえ!」と叫ぶジェリー・ルイスには、是非はともかく、彼らの映画ではみたことのないパワーがあった。体力とのりだけで押し切れる時代がルイスにもあったのだ、と思った。

コンビを解消したあと、ディーン・マーティンは映画で成功し、ジェリー・ルイスはひとりよがりの映画を作りながら消えていった。フランスのアホな批評家がそういうルイスを〈評価〉したりしたが、コメディに関してきびしいアメリカの批評家はルイスを評価しなかった。アボット&コステロまで評価がきていても、マーティン&ルイスは問題にされなかった。

今回の特別番組は資料がルイスから出ていて、彼が全面的に協力している。そのくせ、面白い場面が少ないのはどういうことか。二人でやる「我が道を往《ゆ》く」の真似《まね》とか、いくらでもあるのに、そういうシーンがない。これでは評価の呼び水にはなるまい。

番組はディーン・マーティンにささげられている。これもフシギな気がした。

42　「飾窓の女」とダン・デュリエ

フリッツ・ラング監督の「飾窓の女」（一九四四年）が久しぶりに渋谷で単館公開されるという。珍しいというか奇特というか。

フリッツ・ラングは映画史上の巨人ともいうべき人で、一八九〇年生まれ。「ニーベルンゲン」「メトロポリス」がサイレント時代の代表作だろうが、怪優ピーター・ローレが少女連続殺人犯になる「M」が忘れがたい。ナチの手を逃れ、一九三四年にハリウッドへ。といっても、四十四歳の巨匠がどうすればよいのか？　西部劇も作ったが、本領は、「M」系列の犯罪物で、ヘンリー・フォンダ主演の「暗黒街の弾痕」（三七年）、ジョーン・ベネット主演の「扉の蔭《かげ》の秘密」（四八年）等々を作った。

日本では近年ようやく封切られた「死刑執行人もまた死す」（四三年）や「恐怖省」（四四年）が立派な仕事である。そして、「飾窓の女」も「恐怖省」と同じ年の作品だ。

1994

「飾窓の女」は、ある大学教授(エドワード・G・ロビンソン)が妻子を田舎にやったところで、悪友の検事(レイモンド・マッセイ)に〈遊び〉をそそのかされる。中年の終り、または初老の教授はフラフラとその気になり、飾窓の中の女の画像に見入るうちに、同じ顔の女がウインドウにうつる。

女はジョーン・ベネット。高級娼婦《しょうふ》らしい。教授は女のアパートに入り込む。

現代ならベッドシーンになるところだが、タブーが多いころのハリウッドでは、そうはならない。だが、女の愛人が暴れ込み、殺されそうになった教授はハサミで男を殺す。

これは正当防衛である。警察に名のり出ればよい。だが、世間体を考えた教授は死体を車で運び出し、森にすてる。

殺された男は元ギャングで、今はウォール街の大物だった。調べにあたるのは、運わるく教授の友人の検事である。

五十をすぎたばかりのエドワード・G・ロビンソンの〈初老演技〉も悪くないが、レイモンド・マッセイの検事が意外に軽妙で、四〇年代ハリウッド映画の〈役者の層の厚さ〉を示す。

事件は迷宮入りするかにみえる。

ここで登場するのが被害者のボディガードで、もと私立探偵という厄介な人物。ジョーン・ベネットに五千ドル出せとゆすってくる。このユスリ屋を演じるダン・デュリエが彼の代表作ともいうべき快演である。ハリウッドの悪役ベストテンに入るブキミさで、気持よさそうにやっている。ダン・デュリエが出なかったら「飾窓の女」はとっくに忘れられているにちがいない。

ダン・デュリエは四〇年代から六〇年代まで、奇妙な悪役を演じたら右に出るもののない脇役《わきやく》だった。同じ悪役でも、リチャード・ウイドマークやリー・マーヴィンはエラくなったが、ダン・デュリエはそうはならなかった。この悪役の〈二流性〉は貴重で、演技も古くなっていない。「レザボア・ドッグス」に出てきてもフシギではないキャラクターである。

「飾窓の女」の評価は、ラストの〈サプライズ・エンディング〉を認めるかどうかにかかっている。五十年前の映画だからとはいえ、ぼくはこの〈オチ〉を買わない。そこまでのストーリーテリング、小道具のあつかい——つまり演出がしっかりしているだけに、これは困る。

主人公がアンハッピーなままで終るのをきらった当時のハリウッドのシステムの問題だと思うが、脚本のナナリー・ジョンソンも、これじゃあなあ。

とはいえ、カンカン帽ですごむダン・デュリエは映画ファンなら一見の価値がある。彼が毒入りの酒に手を出さないシーンがコワい。

43　フランク・シナトラの引退

フランク・シナトラが舞台で倒れ、引退するという。

この人は一度引退して、カムバックしたことがあるので、なんとなく信用できない気もするのだが、歌詞を忘れたり、スピーチで絶句したりする近況をきくにつけ、もうムリだと思った。

しかし、クルーナーで、七十八まで現役というのは、べらぼうな話である。ビング・クロスビーでさえ、ちゃんと声が出たのは五十代までだ。シナトラもとっくに声が出なくなり、いまやスタイルというかパフォーマンスだけなのだが、さいきんアルバム「デュエッツ」をヒットさせている。引退とはいえ、アトランティック・シティなどで〈引退公演〉をやるというから気力はあるのだろう。

シナトラは太平洋戦争中に売り出した歌手だから、敗戦当時の日本人は名前も知らなかった。

1994

日本で公開された映画は「芸人ホテル」(一九四四年)が第一作。一九四八年、ぼくは高一だった。

当時のノートをみると、

〈つまらない。顔ぶれだけは、アドルフ・マンジュウ、シナトラ、ユージン・ポーレットとそろえたものの。〉

と、ひどいことを書いてある。

この映画(原題・Step Lively)は、だいぶ昔に、テレビの深夜放送で、ノーカット、スーパー版をみた。その時の印象では、原題通り、〈生き生きして〉いたので、輸入ビデオ(ターナー・ホーム・エンタテインメントのRKOミュージカル・シリーズ)を買う気になった。

すでに書いた通り、この映画はマルクス兄弟の「ルーム・サービス」(一九三八年)のリメイクである。そのことを知って見ると、より面白い。

ひとことでいえば、かなりタチの悪い舞台プロデューサーが無一文でホテルのペントハウスに立てこもり、ホテル・シアターでのショウを成功させる——それだけの話である。ありえない設定なのだが、プロデューサーだけはリアリティがないと困る。

この主人公ゴードン・ミラーを、「ルーム・サービス」ではグルーチョ・マルクスが演じ、まずまずの出来であった。

「芸人ホテル」でゴードン・ミラーを演じるのは、タップ・ダンサーのジョージ・マーフィー、この役者のあくの強い芝居が一見に値する。しゃべって、歌って、踊る。のちに本物の上院議員になったはずだが、ジョージ・マーフィーの存在がこの映画を忘れがたいものにする。

シナトラは〈ザ・ヴォイス〉と呼ばれていた時代で、歌っていないときは〈貧相な青年〉だ。本当は脇役《わきやく》なのだが、そこは人気者で、クレジット・タイトルでは良いあつかいになっている。

高一のぼくが失望したのは、すごい、すごい、ときかされていたシナトラが大したことがなかったからだ。それにアメリカではこのころ、シナトラの人気は下火になっていた。彼がよみがえるのは「地上《ここ》より永遠《とわ》に」（一九五三年）でアカデミー助演賞を得てからである。

若き日のシナトラはビング・クロスビーにあこがれ、真似《まね》がとくいだったという。「芸人ホテル」でも、声が出るかどうかを試すシーンで、いきなり、「ビング・クロスビー・ショウ」のテーマをうたい、大いに笑わせる。

シナトラは、「上流社会」（五六年）であこがれのクロスビーと共演し、「7人の愚連隊」（六四年）では六十代のクロスビーをスペシャル・ゲストに迎えていた。

1994

人間は下品そうだが恋の歌をうたうと天才——シナトラはそういう形で記憶されるだろう。

44　旅先で「ザッツ・エンタテインメントIII」にぶつかったこと

二年ぶりにニューヨークにきていて、今日で一週間になる。どしゃ降りのあと、からっと晴れたりするのが、東京とちがう。

ここでは、時間は（東京よりも）ゆったりと流れている。二年ぶりともなれば、街にこまかい変化はあるが、東京のようにせわしない感じはない。

舞台をいくつもみていて、ディズニーランドそのもののような「美女と野獣」、新演出のセクシーな「ピクニック」もみた。「蜘蛛《くも》女のキス」のチタ・リヴェラは、ぼくと同じ年齢だとおもうが、すばらしい。この女性は「ウェストサイド物語」のアニタ役（映画ではリタ・モレノが演じた）でブロードウェイにデビューし、一九五七年にはスターダムにいた、という伝説のひとだ。「蜘蛛女のキス」で昨年のトニー賞を得ているが、この六月末で役をオリる。ぼくはぎりぎりで間に合ったわけだ。

で、今夜は「ダム・ヤンキース」をみる。

1994

いつも五月の末にくるので、メモリアル・デイにぶつかる。戦没者を盛大にいたむ国民的休日で、今年は〈Dデイ五十周年〉があるから、テレビは戦争映画ばかりだ。メモリアル・デイは五月の最終月曜日だから、土・日・月と三連休になる。店もレストランもお休みで、旅行者にはつらい。

新聞をみると、「ザッツ・エンタテインメントIII」をジーグフェルドでやっているので驚いた。

「ザッツ・エンタテインメント」を初めてジーグフェルドでみたのは丁度二十年まえのこの季節だった。ぼくはもう若くないと感じていたのだが、今にして思えば若かったのである。ジーグフェルドという劇場も、今より若く、入口にアステアのタップシューズが飾ってあった。

一九九四年のジーグフェルドは汚れ、蒼然《そうぜん》としている。となりのビルで工事をやっているせいもあろうか。入場料は八ドル。九百円弱である。これでわかる通り、ニューヨークの物価は東京の半分、あるいは、それ以下と思えばよい。(日本が異常に高いだけのことである。)

それにしても、二十年ぶりにパートIIIを作るという在り方がすごい。この映画が日本で公開されるかどうかわからないが、当たらないことは保証できる。あまりにもマニアックだからだ。しかし、そこがミソともいえる。

「ザッツ・エンタテインメント」のIとIIで、良い場面をあらかた使ってしまった、という批評があるが、これは嘘《うそ》だ。ぼくが見た昔のMGMミュージカル映画の中だけでも、光り輝いたナンバーはまだ幾つもある。新しい製作者たちも、それは心得ているはずだ。以前のIとIIは（とくにIは）、MGMミュージカルの名プロデューサー、アーサー・フリードの作品を多く使っていた。今度のIIIは、MGMのミュージカルをトーキー初期までさかのぼってみせる。しかし、これは大して面白くはない。

さすが、と思うのは、MGMのフィルム・アーカイヴが保存していた〈ボツになったナンバー〉〈撮り直したナンバー〉の数々である。

リナ・ホーン（黒人女性歌手）が恨みをこめて語るのは「ショウ・ボート」（一九五一年）出演の秘話で、ぼくたちがビデオでみられる「ショウ・ボート」のエヴァ・ガードナーの役は、なんとリナ・ホーンで撮影されていて、その場面がカラーで紹介される。

さらにびっくりしたのは、「アニーよ銃をとれ」（一九五〇年）が、初めはジュディ・ガーランドで撮影されていて、ベティ・ハットンがはつらつと演じたナンバー「私もインディアン」が、J・ガーランドによって完全に演じられることだ。このナンバー一つでも、「ザッツ・エンタテインメントIII」は一見の価値がある。

1994

45 石橋貴明《たかあき》in「メジャーリーグ2」

×月×日（ニューヨーク）

連休に入り、友人たちは釣りその他へ行ってしまったので、仕方なく映画をみる。スパイク・リー監督の「クルックリン」——一九七〇年代初期のブルックリンを描くノスタルジーものだが、かなり退屈。映画館に冷房が入っていないので、ふらふらになり、途中で出る。

ジョン・ランディス監督の「ビバリーヒルズ・コップ3」——エディ・マーフィーが、あまりの失敗つづきに、かつてケンカしたジョン・ランディスの出馬を願った一作。テーマパークでのアクション・シーンは悪くないが、これだと、なぜエディ・マーフィーが演じるのか分からなくなってしまう。第一作から十年たっているそうだ。テレビで若き日のエディ・マーフィーをみると、なるほどこれなら人気があったはずだとわかる。映画の公開に合わせた特番でした。

×月×日（ニューヨーク）

リチャード・ドナー監督の、というよりも、西部劇ブーム（本当かな？）にのせようとした「マーヴェリック」。

アメリカでは一九五七年から六二年まで、日本では五七年から六一年まで放映されたテレビ西部劇の映画版。邦題「マーベリック」。もっとも、ぼくがみたのは再放送だったらしい。テレビ版の主演はジェームズ・ガーナー。

さて、映画版はそのガーナーを準主役に迎え、メル・ギブスンとジョディ・フォスターがコミカルな演技をみせる――はずだった。しかし、メル・ギブスンの西部男というのがぼくには頂けなかった。（ジョディ・フォスターはそつなく演じている。）

要するに、これ、六〇年代末ごろバート・ケネディ監督が作っていた〈ずっこけ西部劇〉なのである。そうなるはずが失敗した。ジェームズ・ガーナーとジェームズ・コバーンが出るシーンが光っている。

×月×日（東京）

ニューヨークの友人たちにすすめられた「メジャーリーグ2」の初日にかけつける。

「石橋貴明だけ見る価値があります」と、みんなが言った。

「メジャーリーグ」(八九年)はアメリカの野球コメディに似合わず、クライマックスの試合をイニングごとにちゃんと見せてくれないので、不満が残った。

「メジャーリーグ2」(D・S・ウォード監督)も、脚本はイージー、演出もどうということはなく、あいかわらず弱い球団インディアンズの小味な笑いで話をもたせてゆくのだが、強力な選手が他球団へゆき、代わりにジャイアンツの選手がくると説明される。一同ほっとすると、「トウキョウ・ジャイアンツです」

次のカットで、捕球に失敗したタナカ(石橋貴明)が倒れるので、若い観客はどっと笑う。テレビ番組「みなさんのおかげです」のファン層ですね。

しかし、日本人じゃなくても、この映画、石橋のハイテンション演技が一番受けるのじゃないかな。だいいち、日本のコメディアンで、おなじみのキャラクターのまま、ハリウッド映画に出て成功したのは石橋が最初ではないか。とにかく、ぼくは大笑いをしました。

この映画はワールドシリーズ進出寸前で終るので、3が作られるのじゃないか。タナカもぜひ頑張って欲しい。

それにしても超忙しい石橋がこの映画をいつ撮影したのか、いろいろ訊《き》いてみたい気がする。日本語でワイセツなことを言い、英語のスーパーが出るのも、なにやらおかしかった。

46　ラジオ・デイズ　1994

目が疲れるので、テレビよりもラジオが好きだ、ということは、三年前にこのコラムに書いた。

このところ、体調のせいで、ベッドにいることが多く、ついラジオをきく。本当はきかない方がよいのだが。

月曜日は野球がない。

そこで、ラジオ日本では、夜の六時から九時まで「青田昇のジャジャ馬直球勝負」という三時間の生番組を放送している。青田さんは六十九歳だそうだが、三時間とはよく頑張る。

三時間のうち、初めの一時間は〈先週の巨人軍の戦い方〉、次の一時間は〈青田さんの過去とゲストのコーナー〉、終りの一時間が〈今週の巨人軍の戦い方予想〉と、完全に巨人寄りの放送なのだが、ぼくのようなアンチ巨人の人間がきいても面白く、プラスになる。

どうしてかというと、青田さんは球団を問わず、才能のある選手が好きなのである。阪神の八木のバッティングは上がっている、とか、立ちどころに答えられる。（「ぼくがコーチなら、ホームラン三十五本打てるようにする」とまで言った。）若い選手たちをよく見ていて、こういう風に練習するといい、と、すこぶる具体的。ヤクルトを応援している小生には、ききのがせない番組だ。


月曜日から金曜日まで、午後一時からの三時間は「吉田照美《てるみ》のやる気MANMAN」（文化放送）の天下である。

連日三時間の生放送で、昼間に仕事をするぼくは、だいたい一時台しかきけないのだが、笑いがとまらなくなることがある。

この〈笑い〉は、主として、自意識過剰・情緒不安定な吉田照美と、無意識過剰で開きなおっている小俣《おまた》雅子との火花を散らすやりとり、アツレキから生じるもので、ふつうのかけあいではないのです。

思えば、とんねるずがワンコーナー（「一酸化マンガンクラブ」）を持っていた時代、いやもっと前から吉田照美の夜の放送をきいていたのだが、その話芸（というのかどうか）は、今、ピークに達しているのではないだろうか。

しかし、二人のやりとりのおかしさは文章にならんのですな。昔のいとし・こいし、二十数年前のコント55号のおかしさが若い人に伝わらないのは当然である。「やる気MANMAN」だって、生できいていなければ仕方がない。小俣雅子が二十二歳の女子大生になり、吉田教授の授業を受けるコーナーがあるのだが、

「先生、セックスを教えて」

「うーむ、きみにそのキャラクターで言われると、先生、とまどうな」

という件《くだり》で、声をあげて笑った。（活字にすると、ホラ、面白くないでしょう。だから、イヤなの。）

しかし、小俣さんて、いったい幾つなのだろう。

「オールナイトニッポン」はほとんどきかなくなってしまったが、水曜の深夜三時からの篠原美也子《しのはらみやこ》さんはとてもいいのです。これ、せめて一時からにしてくれれば、毎週きけるのだが、ニッポン放送は女性パーソナリティを冷遇するから駄目でしょうね。ぼくがファンだった橘《たちばな》いずみ、加藤いづみ、いずれもやめてしまったからな。ま、歌手だから仕方ないが。

あ、それから、ニッポン放送の解説の角《すみ》さん（元巨人、元ヤクルト）は言葉がひどい。〈バッシング〉を〈パッシング〉と言い、くりかえされるのはたまらない。CMの間に

アナウンサーの方は注意してあげてください。

ＦＭ放送に触れる余裕がなくなったが、ナンシー関さん（いとうせいこうの番組）の発言が味わい深かった。

注・「篠原美也子のオールナイトニッポン」は、九五年十月初めに終了した。

47 二つの話題――ディズニーとバーリン――

某新聞にディズニー・アニメ「ライオン・キング」の記事が出ていた。

アメリカで興行成績第一位の「ライオン・キング」が故手塚治虫《おさむ》の「ジャングル大帝」に〈酷似しているとの論議が米国内で高まっている〉というのである。

〈米国内で高まっている〉という書き方がそもそもウソっぽいが、要するに、七月十一日のサンフランシスコ・クロニクルで〈米アニメ関係者〉がそう言っていたというだけの材料である。それを〈高まっている〉などとスリかえてはいけない。

ぼくは「ライオン・キング」をみていない。アメリカの映画館で予告篇をうんざりするほどみせられ、日本のテレビ（CNN）で、ストーリー、キャラクター、吹きかえの役者たちの談話をたっぷりきかされて、（もういいや）という気持になった。

しかし、いいかげんなことを書くのはいやなので、アニメ研究家の森卓也《たくや》さんの意見をきいた。

「あれはディズニー本家の『バンビ』が元ネタだと思うんだけど」

とぼく。

「『バンビ』ですよ」

「ライオン・キング」をみていた森さんはこともなげに答えた。

アメリカのビデオ屋では〈ジャパニメーション〉として、日本の最近のテレビアニメを売っている。それなりに人気はあるが、火がつかないのは登場人物の顔のせいだと友人が言った。だから、日本のアニメの影響がないといったら嘘《うそ》になる。

しかし、この記事を書いた記者氏の知識からは、故手塚治虫がウォルト・ディズニーのアニメの影響を受けたという最も大事なポイントがすっぽり抜け落ちている。

このところ、ディズニー企業の攻勢はすさまじく、ブロードウェイの舞台にまで「美女と野獣」が進出した。今年のトニー賞が舞台版「美女と野獣」(それじたいは悪くない)への反感に貫かれていたのは周知の通り。「ライオン・キング」云々《うんぬん》も、そういうアンチ・ディズニー・ムードから出たものだろう。

東京のセルスルー・ビデオ屋の悩みは、ミュージカル映画の名作「アニーよ銃をとれ」(一九五〇年)のビデオが発売されないことである。アメリカでも発売されていず、映画そのものも上映されていない。マニアである客たちはいらいらしている。

入手不可能は「アニーよ銃をとれ」のほかもう一本「ブルー・スカイ」があり、どちらも作曲はアーヴィング・バーリンだ。アーヴィング・バーリンはうるさいらしい。なにしろ、スピルバーグが「オールウェイズ」を撮ったとき、バーリン作詞・作曲の「オールウェイズ」を使うつもりだった。当時百歳近かったバーリンに話を通すと、

「いや、あの歌は私が別なプロジェクトを進めつつある」

という返事。

かくて、題名は「オールウェイズ」のまま、映画の中では「煙が目にしみる」が使われるにいたった。

バーリンといえば、日本ではまず「ホワイト・クリスマス」だが、一九二五年に作られた「オールウェイズ」が一九四六年だけで六万ドルの印税を稼いだ。

さて、バーリンは百何歳かまで生きて、亡《な》くなったのだが、ヒットメーカーだけにあと始末が大変だ。

「ブルー・スカイ」はもうすぐ、ビデオ・LDが発売になるらしいが、「アニーよ銃をとれ」は噂《うわさ》をきかない。遺族がどうのこうのという話もきいたが、MGMミュージカルのベスト5に入る名作だけに、なんとか公開（またはビデオ発売）を乞《こ》い願うしだいである。

48 タランティーノ症候群

クェンティン・タランティーノ監督の名は「レザボア・ドッグス」（一九九一年）一作で日本に知られた。昨年のことである。

「レザボア・ドッグス」でユニークなのは発端である。

ぱっとしないダイナーのようなところで、宝石店襲撃の一味が朝食をとる。

ボスが立ち上がり、

「支払いはおれがしておくから、おまえたちはチップを一ドルずつ置け」

と言う。

一味はそれぞれチップを置くが、一人だけ、

「ろくなサービスもないのに、チップを出したくない」

とゴネる奴《やつ》がいる。

おいおい、と声をかけたくなる。これから強盗をやるのに、そんな風にモメていていいのか？

——ここから思い出したのは邦画「仁義なき戦い」で笠原和夫(脚本家)が描いたユニークなチンピラの群れである。タランティーノ監督(脚本も彼)は日本映画ファンを公言しているが、クロサワやオズではなく、東映やくざ映画をよくみているのが今風である。

「レザボア・ドッグス」で感心したのはその構成で、(予算の都合で)宝石店襲撃を描けず、事件後、町外れの小屋に集まった一味が警察のイヌ探しをやるプロセスが描かれる。一味の中にイヌがいたために、襲撃先で警察に待ち伏せされたのだ。

このシナリオで見事なのは、誰がイヌかを、途中で観客にバラしてしまうことだ。その部分の持っていき方がすばらしい。(イヌの正体が観客にわかっても、一味の大半にはわかっていない設定になっている。)

推理小説で、作中人物(犯人)が作中人物に仕掛けるトリックと、作者が読者に仕掛けるトリックは別なものだと、ぼくの友人が三十年前に言ったが、それに近い操作をタランティーノはやっているのだ。

「レザボア・ドッグス」は、主演のハーヴェイ・カイテルが共同プロデューサーになっているが、カイテルはこのシナリオに惹《ひ》かれたのだろう。

タランティーノの才能は認められ、その脚本をトニー・スコットが映像化した「トゥルー・ロマンス」(一九九三年)は、これまた、タランティーノ印のお話である。コールガールになったばかりの女(パトリシア・アークェット)に惚《ほ》れた青年(クリスチャン・スレイター)がいて、サニー千葉(千葉真一のアメリカ名前)の三本立てを観《み》にゆくのがまず笑わせる。青年は女のヒモを殺し、女の衣類の入ったバッグを奪うが、バッグをまちがえ、中はヤクがぎっしり、というのが物語の設定である。

二人はロサンゼルスに向かうが、青年の父親(デニス・ホッパー)はヤクを追うギャングに殺される。青年がドジなために、この〈純愛〉は殺人と流血をまきおこす。そこで「トゥルー・ロマンス」というタイトルの皮肉が生きてくるのだ。

ひとことでいえば、ドジなチンピラとバカな女の逃亡である。とはいえ、けなげな女に観客が肩入れするようにできているのは大したものだ。ラストのホテルでのマフィア対警察の殺し合いのすさまじさは、あまりのことに大笑いである。

このタランティーノが脚本・監督した「パルプ・フィクション」は今年のカンヌ映画祭でグランプリを得た。

アメリカ映画が往年のロマンティック・コメディのリメイク(「麗《うるわ》しのサブリナ」をやるというのだ!)にはげんでいるとき、一匹狼《おおかみ》タランティーノの活躍はたのもしい。

49　〈西部劇ブーム〉はおこらない

〈ハリウッドで西部劇ブーム！〉と日本のマスコミ、映画雑誌は伝えている。

西部劇というジャンルはずっとすたれていて、クリント・イーストウッドがひとりで支えていた。そのイーストウッドの「許されざる者」が好評で、昨春、アカデミー賞を得たので、急に〈西部劇ブーム〉の声がおこったのである。

まず出たのが、〈保安官ワイアット・アープの真実〉とでもいうべき「トゥームストーン」と「ワイアット・アープ」である。

この種の作品は過去に先例があり、ニューシネマ全盛のころ、ステーシー・キーチが出た「ドク・ホリデイ」（七一年）が代表格であろう。映画の内容はほとんど忘れているが、ドク・ホリデイの愛人のビッグ・ノーズ・ケートを演じたフェイ・ダナウェイが放屁《ほうひ》したので呆《あき》れた。くそリアリズムとはこういうものだろう。

「ボディガード」以後、作品の選択がおかしくなっているケヴィン・コスナーは「ワイアット・アープ」を〈「風と共に去りぬ」や「ドクトル・ジバゴ」のような叙事詩〉と語っていた。ま、どうでもよいが、腹が出て、髪の毛がうすくなってきたのが心配だ。イーストウッドは「許されざる者」を〈最後の西部劇〉と呼んでいた。その理由は具体的で、

1 大半の役者が馬に乗れない。

2 ロケ地がない。

等々、西部劇が撮れないゆえんを述べていた。

このあと、女四人の「バッド・ガールズ」やシャロン・ストーンの西部劇も出るが、過去に女性中心の西部劇で成功したのは「ハニー・コールダー」(日本ではテレビのみ放映「女ガンマン・皆殺しのメロディ」――七一年)ぐらいではないか。バート・ケネディ監督、ラクエル・ウェルチ出演の復讐《ふくしゆう》劇である。

いま公開されている大作「マーヴェリック」について改めて書くと、アメリカでのヒットは、テレビ版「マーベリック」の人気にもとづいている。

テレビ版の主演者ジェームズ・ガーナーが主役(メル・ギブスン)に対して〈ストレイト・マンに徹しているのがよい〉と、「ニューヨーカー」誌の批評家テレンス・ラファティが書いている。

〈ストレイト・マン〉とは日本流にいえばツッコミである。メル・ギブスンがボケ役で、お色気コメディエンヌがジョディ・フォスター。この三人のだましだまされの珍道中が映画の狙《ねら》いである。

にもかかわらず、ほとんど笑えない。メル・ギブスンが肥《ふと》っていて、西部劇のヒーローらしさがないことも不満である。そもそもこのストーリーは一時間半のもので、二時間を支えきれないのだ。

テレンス・ラファティは、引退したポーリン・ケイル女史のあとを継いだ「ニューヨーカー」の批評家だが、抜群の批評眼をもっており、〈クライマックスをさらうジェームズ・コバーン〉について次のように書く。

〈彼の巨大で不安なニヤニヤ笑いは歓迎すべき眺めだ。〉

こんな風にズバッと書かれると、うれしくなるではないか。

ラファティはメル・ギブスンもジョディ・フォスターも相手にせず、ジェームズ・コバーンとジェームズ・ガーナーだけをホメている。そこらが〈観《み》る側のキャリア〉をうかがわせる。

日本の時代劇がそうであるように、西部劇も一朝一夕では作れない。ベテラン監督とベテランの役者、スタッフが必要である。ブームを作ろうとしても無理、というのがぼくの実感だ。

50　夫婦の〈恋路〉は邪魔したい

アメリカのアクション映画は近年、すばらしい進歩をとげた。

日本にいると、はっきりとは見えないが、アメリカの興行界では〈ロマンティック・コメディ〉を成功させたいという気持がある。ところが、これがうまくいっていない。うまくいったのは、メグ・ライアンの「恋人たちの予感」と「めぐり逢《あ》えたら」（これはまあまあ）ぐらいではないか。

アメリカのロマンティック・コメディは「或《あ》る夜の出来事」（三四年）いらいの歴史がある。我の強い男と女がぶつかり合いながら心惹《ひ》かれる、というパターン。

ところが、これをそのままやってもうまくいかない。ごく最近、ニック・ノルティとジュリア・ロバーツで一本作られているが、〈あまりにも昔通り〉という批評が多かった。

問題は監督にあると思う。

アクション映画の進歩に力があったのはスピルバーグやジェームズ・キャメロンである。とくに、押しに押しまくるキャメロン監督（新作は「トゥルーライズ」）の力は大きい。

ところが、ロマンティック・コメディは人材不足なのですね。歴史を辿《たど》れば、「ニノチカ」のエルンスト・ルビッチ、ミッチェル・ライゼン、フランク・キャプラ、レオ・マッケリー、八〇年代に再評価されたプレストン・スタージェスがいて、ビリー・ワイルダーの「麗《うるわ》しのサブリナ」に至る。

そういえば、〈隠れロマンティック・コメディ・ブーム〉に乗って、「麗しのサブリナ」がリメイクされるそうで、ハンフリー・ボガートの役をハリソン・フォードがやるときいて、めまいがした。

「麗しのサブリナ」は兄弟が一人の娘（オードリー・ヘプバーン）をとり合う話だが、どうしてもやるのなら、クリント・イーストウッドとウディ・アレンを兄弟にするくらいのことをやらなければ駄目でしょう。（この二人は話が合うらしく、以前、二人で西部劇を作る話があったとか。）

それにしても、〈ロマンティック〉なスターがいるのだろうか？　監督もいないし、スターもいないのではないか。

先日、往年の名作「ボーン・イエスタデイ」（五〇年＝未輸入）のリメイク版「ボーン・イエスタデイ」をみたが、頭の軽い女がメラニー・グリフィス、女の家庭教師がドン・

ジョンソン、と、実際の夫婦なのにはマイった。ドン・ジョンソンの役はかつてはウィリアム・ホールデンが演じたのだが、肉体派のホールデンが黒ぶちのメガネをかけて出てくるからおかしいのであって、「ギルティ　罪深き罪」のドン・ジョンソンがメガネをかけても、悪党の変装にしか見えない。

実際の夫婦が恋人同士をやるのは本当にコマった傾向である。

そりゃ、ボガートとローレン・バコールという先例はあるが、あれは別格である。

そう思っていたら、リメイク版「ゲッタウェイ」で、キム・ベイシンガーとアレック・ボールドウィンの夫婦が夫婦役をやっている。

ぼくはキム・ベイシンガーのファンだから、映画の出来が昔のサム・ペキンパー版より悪くたって、びくともしない。四十になったというのに、キム・ベイシンガーは美しい。

よくないのは相手役である。アレック・ボールドウィンは一昨年、「欲望という名の電車」の舞台で主役をつとめるのをみたが、下手な役者である。もっとも「欲望という名の電車」ではマーロン・ブランドにくらべられ、「ゲッタウェイ」ではスティーヴ・マックィーンにくらべられて損なのだが、なら、そういう役をやるなっちゅうの。キム・ベイシンガーのおかげで役を得たのがみえみえである。

現実の夫婦だけにラヴ・シーンがリアル、という人もいるようだが、いいかげんにしてもらいたいですよ、まったく。

1994

51　掘り出し物――川島雄三《ゆうぞう》の「洲崎《すさき》パラダイス・赤信号」――

わけがあって、東京の江東区洲崎のことをしらべている。

といっても、現在、洲崎という地名はない。往年の洲崎弁天町はいまは別な地名になっている。戦前戦時は遊郭、戦後は洲崎パラダイスの名で知られた土地のせいか。

そういえば、と思いだした。川島雄三監督の作品に「洲崎パラダイス」というのがあった。一九五六年（昭和三十一年）の作品だが、なぜ、いままで見ていなかったのだろう。

幸い、〈にっかつビデオ〉からビデオが出ていたので、とり寄せた。

見ていなかった理由がわかった。「赤信号」がタイトルで、「洲崎パラダイス」はサブタイトルなのである。日活得意の赤い文字で「赤信号」――これじゃ二十三歳のぼくは見ない。現在の資料をみると、「洲崎パラダイス・赤信号」となっているが、実状は右の通りです。

昔の風景を知るためには映画がいちばんである。
しかも——「洲崎パラダイス・赤信号」はまだ営業している洲崎パラダイスの近くにキャメラをすえてロケをしているから、異様な迫力がある。助監督・今村昌平《しょうへい》（とクレジットに出る）の腕の見せどころでしょう。これが東京か？と思うような風景が次々に出てくる。

さらにおどろいたのは映画の出来がすばらしいことである。川島監督は前年（一九五五年）に「愛のお荷物」で注目され、「赤信号」の翌年（一九五七年）には代表作「幕末太陽伝」を発表している。三十代の後半で、脂《あぶら》がのってきたときだ。

橋の上でもめていた男女（三橋達也と新珠《あらたま》三千代）がバスに乗って洲崎にたどりつく。〈洲崎パラダイス〉のネオンが堀割りにうつる。そういう場所に小さな飲み屋〈千草〉がある。

おかみさん（轟《とどろき》夕起子《ゆきこ》）が親切な人で、女はそのまま〈千草〉で働き、だらしない男は近くのソバ屋の出前持ちになる。

原作（芝木好子）には、男が月島の倉庫をクビになったとか、女が鳩《はと》の町と洲崎パラダイスで働いていたという説明があるのだが、映画はそれがない。しかも荒涼たる背景、モノクロの画面だから、一九五〇年代のイタリア映画、たとえば初期のフェリーニ作品を連想させる。

1994

男の働きがないので、女はきわめてドライで直線的。金まわりのいい中年の電気屋(河津清三郎《せいざぶろう》)に着物を買ってもらい、神田のアパートにかこわれる。新珠三千代が目を見張るような演技をみせ、これにもびっくりした。

石原裕次郎が登場する前の日活は、松竹から移籍した監督が多いから、松竹カラーが強い。暑い日に、新珠三千代が水をのもうとして、お酒の方がいいわ、と冷や酒をコップであおるシーンなど、(脚本もいいのだが)はっとするリアリティがある。このシーン一つで女の過去が浮き上がる。こうしたディテイルの描写がかつての日本映画を支えていたのだ。

おかみさんをすてて四年も姿を消していた夫(植村謙二郎《けんじろう》)が着流しで帰ってくる雨の夜もいいが、あっという間に別の女に殺されてしまう処理が新鮮だ。八十一分のこの映画はほとんど説明がない。

原作にないのは、この夫と、ソバ屋で働く芦川《あしかわ》いづみ(この映画と若い観客をつなぐ唯一《ゆいいつ》のスター)である。流れ者の男女はバスに乗って町を去る。

いいですねえ。日本映画の良さとモダニズムの混じり具合がちょうどいい。

川島監督みずから、代表作「幕末太陽伝」より、〈こういう作品の方が好きです〉と語っているのを、あとで知った。

52　一九四七年の喜劇「象を喰った連中」を再見して

「トゥルーライズ」「パルプ・フィクション」「スピード」と面白いアメリカ映画が目白押しだ。ロバート・ゼメキスの大ヒット作品「フォレスト・ガンプ」は、日本では「フォレスト・ガンプ　一期一会」って題になるんだって？〈一期《いちご》一会《いちえ》〉って、若い人に読めるんだろうか。

このところ、日本の古い映画のビデオに凝っている。仕事がらみで見始めたのが、とまらなくなった。

東宝、大映、にっかつ（日活）の旧作は〈日本映画傑作全集〉というシリーズで出ている。〈傑作〉とはシリーズのタイトルであって、駄作も多い。

このほか、裕次郎、旭《あきら》（これは数が少ない）、赤木等の日活作品は〈にっかつビデオ〉で、大映の戦後作品は〈大映ビデオ〉と徳間ジャパンから出ている。

面白いのは、ＳＨＶこと松竹ホームビデオである。すでに四百本ぐらい出たというが、

1994

毎回、テーマを決めている。今月はシミキンこと清水金一という昔のコメディアンものを八本出した。うっかり、「オオ！　市民諸君」（川島雄三《ゆうぞう》監督）を買ってしまい、お金と時間を損した。が、まあ、ひっかかる方が悪いのだが。

昔見たときは面白かったが、いま見たらどうだろうと思って、買ってしまうケースがある。

吉村公三郎《こうざぶろう》が戦争から帰って撮った第一作「象を喰った連中」がその一つだ。一九四七年（昭和二十二年）二月封切の松竹映画。当世風にいえば、スクリューボール・コメディである。

吉村公三郎——当時、黒澤明、木下恵介《けいすけ》とともに新鋭三羽烏《がらす》だったこの監督が復員して何を作るかと期待していたら、いきなり、コメディである。ぼくは中学二年生で、前半を面白く見た記憶があった。

——時は敗戦後すぐ、動物園の象が奇病で死ぬ。食料難でめったに肉にありつけない学者たちと飼育係りがその肉をステーキにして食べてしまう。

その五人とは——、

原保美《やすみ》＝松竹の二枚目。のちにテレビの「事件記者」で知られている。

日守新一＝松竹の名脇役《わきやく》。映画ファンは「生きる」（黒澤明）のラストをしめくくる

〈怒れる小役人〉役で彼を記憶しているはずだ。

安部徹《とおる》＝当時の二枚目。後年は悪役で知られた。

神田隆＝独立プロ映画から「警視庁物語」シリーズ（東映）で知られる。

笠智衆《りゅうちしゅう》＝笠智衆。

いずれも若き日の姿である。このうち、笠智衆だけが飼育係りで、知らずに愛象（？）を食べてしまい、びっくりする珍演技を見せる。これ一つだけでも、けっこうおかしいのだ。

肉は毒性で、五人の命が長くないとわかる。たまたま、薬が仙台にあるが、（当時のことだから）列車が遅れる。上野駅に集まった一同はハラハラドキドキ。ようやく、薬が到着すると、満員列車の中でアンプルが一つ割れて、四人分しか残っていない。

ここまでの展開はアメリカの〈奇想天外コメディ〉さながらで、邦画とは思えぬセンスの良さである。

ラストは日守新一の芝居の見せどころである。小《お》津《づ》安二《やすじ》郎《ろう》が「一人息子」（一九三六年）で主役を演じさせただけの実力を見せる。死を決意した日守新一の声と姿が妙におかしいのだが、一転してハッピーエンドになる仕掛けが弱く、先読みができる。中二のぼくが不満に思ったのも、その一点であった。

1994

しかし、これはやはり、ひろいものだった。日守新一の映画をもっと見たいと思わせる——それだけでもビデオ発売の意味はあった。

53 「ダリル・ハンナのジャイアント・ウーマン」

「50フィート女の襲撃」（一九五八年）というアメリカ映画（未輸入）があった。

見たわけではない。いかにもアメリカの五〇年代らしいいかがわしい題名で、向こうの本での評価は最低である。

しかし、これをリメイクした連中がいる。物好きというしかないが、さすがにテレビ映画で、主演がダリル・ハンナである。一九九三年の製作で、日本ではビデオ発売された。題して――、

「ダリル・ハンナのジャイアント・ウーマン」

これ、ビデオ屋でひっぱりだこなんですね。

何度行っても〈レンタル中〉、そのうちにテープが切れてしまったと店の人がいう。

別な店で借りてきたが、これはもう、

〈「スプラッシュ」のあのダリル・ハンナが巨大なビキニスタイルになる……〉

という邪劇以外のなにものでもない。

1994

ダリル・ハンナはもともと大柄で、いつも少し猫背になっている。それが50フィートになったらどうなるか。

設定を述べると、彼女は土地の有力者らしい社長の娘である。社長は町の開発計画をすすめ、金もうけをしようとしている。

ムコである、彼女の夫はどうかというと、アレック・ボールドウィンを肥《ふと》らせたようなマッチョで、セコいモテルで浮気をしている。

つまり、父も夫もろくなもんじゃないという設定だ。かわいそうな人妻ダリル・ハンナは白いうすものの袖《そで》長シャツと白いパンツで大いに悩んでいる。夫の浮気に気づいているが、怒りのやり場がないのだ。

突然、宇宙船からの光がさし、二度目には彼女は宇宙船に吸い込まれる。

その彼女が地上に戻ってきたとき――どうやって戻ったかは不明――、怒ると身体《からだ》が大きくなってしまう。

まわりの人は彼女を大きな納屋《なや》にかくす。このとき、彼女はきちんとドレスを着ているが、これだけの大きさの生地をどうやって持ってきたのかはナゾである。

巨大女が自宅のプールをバスタブ代わりにするユーモアはなかなか良い。彼女としては夫と仲良くするつもりなのだが、無神経な夫は「(セックスのとき)ウエットスーツを着たくない」などとののしる。

怒った彼女は、なぜか、ビキニスタイルに近くなり、のっしのっしと町を歩く。警察や父や夫はあわてる。彼女はそう悪意はないのだが、やたらに家などをこわす。デカいから仕方ないのだが、話は〈「キング・コング」スタイル〉になり、二機のヘリが彼女を襲う。特撮（ジーン・ウォーレン・ジュニア）はそう悪くないと思う。

〈巨大化したビキニスタイルのダリル・ハンナを見せる〉のが目的なのは明々白々なのに、ここに〈愛〉と〈フェミニズム〉の問題が導入される。〈男たちの反省〉もある。

高圧線で死にかけたダリル・ハンナは宇宙船に救われ、そこに捕虜となった夫は依然として後悔していない——という結末は、とってつけたような〈マッチョ主義批判〉である。五八年版の終りはどうだったのだろうか。

それでも、家々の向こうを、猫背気味の大きなダリル・ハンナが歩くシーンは好きですね。ダリル・ハンナが演じると、〈大きな女の哀愁〉がにじみ出て、ホロリとさせられます。巨大になっても、夫とディナーを共にしたい、なんて、かわいらしいじゃないですか。

アメリカの五〇年代ってのは、〈空想科学映画〉の名の下に、ずいぶん変な映画が作られた。マッカーシズムの不安からといわれるが、それだけでしょうか。スピルバーグたちはこういうのをテレビで見て育ったというのが、この一作で、よーくわかった。

54 必見の傑作「パルプ・フィクション」

封切られたばかりの「パルプ・フィクション」は面白い。

ここまで面白い映画も珍しい。友人と「パルプ・フィクション」の話になると、最低で三十分はかかる。

「レザボア・ドッグス」(一九九一年)につづく、クエンティン・タランティーノの監督第二作。この第二作がカンヌで賞を得て、タランティーノ株は暴騰《ぼうとう》したのだが、いやー、これだけ面白ければ文句ない。

題名をホンヤクすれば「三文小説」。まさにその通り、題材は古めかしいものばかりだが、寄せ集め方がうまいのだ。才能がキラキラしている。

いかに古めかしいかといえば、こんなエピソード群だ。

1 二人の殺し屋(サミュエル・L・ジャクソンとジョン・トラヴォルタ)がボスの命令で、盗まれたカバンをとりかえしに行く。

2 ボスの命令で、トラヴォルタはボスの妻(ユマ・サーマン)とつき合う。ボスは嫉妬《しっと》深い男だ。

3　八百長《やおちょう》試合で負けることになっていたボクサーのブルース・ウィリスは約束を破り、金を持って女房と逃げる。

うんざりするほど、ありふれた話ばかりだが、タランティーノの脚本は時間の順序を入れかえ、おどろくほど新鮮な物語にする。〈三文小説＝安っぽいフィクション〉が、タランティーノの手にかかると、けんらんたる絵巻物になる。

ハイライトは、この世のものとも思えない五〇年代風クラブのシーンで、なんと、壁には、前章でご紹介した「50フィート女の襲撃」（五八年）のポスターが貼《は》ってある。シェークの名前が〈マーティン＆ルイス〉や〈アモス＆アンディ〉でウェイターがバディ・ホリーのそっくりさんだ。

ぼくの青春時代を再現したようなクラブで、トラヴォルタとユマ・サーマンがツイストやスイムを踊る。（げんみつにいえば、時代考証はいいかげんなのだが、三十一歳のタランティーノが生まれていない時代のことだから仕方がない。）この踊りはゴキゲンである。

とにかく、全員がよくしゃべること。ぼくが観《み》た渋谷パンテオンでは、外人がゲラゲラ笑っていた。会話の細部が実におかしく、これもタランティーノ映画の特徴でもある。

「ニューズウィーク」は、ブルース・ウィリスとボスがひどい目にあう質屋のシーンを〈想像力不足〉と評していたが、ホラー映画と日本映画を混ぜたようなこのシークェンスだけが、他のエピソードとタッチがちがうのは事実だ。それは認めよう。

この映画はストーリーの語り方に一種のトリックがあるのだが、アメリカのB級映画とゴダールと香港《ホンコン》映画を混ぜたそのスタイルの魅力は実物を見ていただくしかない。

聖書を自己流に解釈する殺し屋ジャクソンとトラヴォルタがまずすばらしい。トラヴォルタの演じるドジな殺し屋は「サタデー・ナイト・フィーバー」いらいの最高の演技で、この二人が（ある理由で）サーファー・スタイルになるラストシーンでサーフ・ミュージックが鳴りひびくのは、映画史上まれにみる大ボラであり、拍手喝采《かっさい》ものである。脇役《わきやく》もいいな。

ヴェトナム帰りのクリストファー・ウォーケンが笑わせるが、ハーヴェイ・カイテルが「アサシン」（一九九三年）の時と同じ〈掃除屋〉でさっそうと登場し、トラブルを処理してコーヒーを飲む。これもニヤニヤさせられる。

この映画はひとことでいえば〈映像の大ボラ〉である。しかも、見たあとで発熱状態にさせるのが傑作たるゆえんだろう。

55　「レザボア・ドッグス」のヒントは香港《ホンコン》映画にあった

「レザボア・ドッグス」「パルプ・フィクション」で評価されつつあるクェンティン・タランティーノ監督は、香港や日本映画のマニアとしても知られている。英語スーパーがないビデオでも、どうやらストーリーがわかるらしい。

たった二本で世界を制した監督の「レザボア・ドッグス」が、某香港映画に似ているという噂《うわさ》をきいた。そこで、物好きなぼくは、さっそく検証にとりかかった。

その香港映画とは、チョウ・ユンファ主演の「友は風の彼方《かなた》に」で、一九八七年の製作だ。「男たちの挽歌《ばんか》」でチョウ・ユンファのブームがきたころのもので、日本でも劇場公開されている。

「友は風の彼方に」とは変な邦題だが、原題は「龍虎風雲」。日本人にはこの方がわかり易《やす》い。原案・監督はリンゴ・ラム。（ビデオ発売は日本ヘラルド）

巻頭、盛り場で男が殺される。男はおとり捜査官だった。

1994

一方で宝石強盗事件がおこる。この強奪ぶりが、あまり計画的でなく、「キリング・ゾーイ」（一九九三年）を想《おも》わせる。「キリング・ゾーイ」はタランティーノが共同プロデュースした作品だ。無謀な集団犯罪という点で、よく似ている。

ま、これはぼくの主観です。

チョウ・ユンファが登場する。これまた、秘密捜査官なのだが、そのハードボイルドぶりと、恋人に対する時のドタバタ喜劇的演技が水と油で、かなりいいかげんな映画に思えてくる。

彼が宝石強盗団幹部フー（ダニー・リー）と接触するあたりは、昔の東宝映画や日活映画によくあった手だが、警察側がベテラン警部と若い非情な警部の二派に分かれ、チャウ（チョウ・ユンファ）に対する態度がちがうのが面白い。

後半は、五目ラーメン的というか、あれもこれもと詰め込んでいる。

強盗団のボスがどの店を襲うかをぎりぎりまで言わないのも面白いし、クリスマス・イブという設定もよろしい。（もっとも、チャウと恋人の別れは中途半端《はんぱ》になってしまう。この話に女を入れるのはそうとう無理があるようだ。）

狙《ねら》われる宝石店は実在のものらしい。（ラストのクレジットで店の協力を感謝している。）じりじり待つあいだにフーとチャウの間に友情が生まれる。

宝石強奪は失敗し、犯人たちは街外れの大きな倉庫に逃げる。ここからエンドマークまでの十分ぐらいは、もろ「レザボア・ドッグス」です。これはもう間違いない。ギャングのボスが「サツの犬がいる」といって、チャウに拳銃《けんじゅう》を向ける。いや、とフーがボスに拳銃を向ける。数人が拳銃を抜いたまま、凍りついてしまう。歌舞伎《かぶき》の〈さあさあ〉みたいなこのスタイルは、そのまま「レザボア・ドッグス」に入っています。

しかし、これはいわゆるパクリ（この言葉、きらいですが――）ではない。「レザボア・ドッグス」を見た人はわかるでしょうが、あの話では誰がおとり捜査官かが途中まで伏せられている。つまり、タランティーノは「友は風の彼方に」の語り方をひっくり返して、〈フーの視点〉からの話にしてしまった。これは見事なアイデアで、脚本家タランティーノの面目を示しています。

それにしても、一つのアクション映画の〈部分〉から、別な一つの話を創《つく》ってしまうのはすごいことだと思う。戦前の日本映画はアメリカ映画、フランス映画にヒントを得て、多くの名作を作ったわけだが、今はもう、そんなエネルギーはないらしい。悲しいことですが。

1994

56 「蜘蛛《くも》女」にご用心

今年の五月ごろ「蜘蛛女」という映画が一部で話題になった。

「蜘蛛女のキス」とは関係がないアメリカ映画で、新宿のミニシアターに出かけたら、満員で観《み》られなかった。その後、上映されることもなく、ビデオ化を待つしかない状態になった。

ある雑誌に、クエンティン・タランティーノとデニス・ホッパーの対談の翻訳がのっていて、デニス・ホッパーが、

「映画のあいだじゅう、ずっと笑っていたよ。気に入ったね。映画館から出てきたとき、〈これこそエンタテインメントだぜ〉って言ったくらいさ。〈この映画が受けないようだったら、俺はとても困ったことになる〉ってね」

と語っている。

その映画が「蜘蛛女」（一九九四年）である。対談の翻訳では「ロミオ・イズ・ブリー

ディング」となっていて、「ロミオは血まみれ」とでも訳すべきか。これが原題なのである。

デニス・ホッパーという役者がなぜ大物のように扱われるのか疑問に思っていたのだが、「蜘蛛女」のビデオをみて、わかりました。

一九三六年生まれにしては、鑑賞センスが若い。「蜘蛛女」はタランティーノの「パルプ・フィクション」と同じ、ヴァイオレンス・ウイズ・ユーモアの作品なのだが、その面白さを見抜けるのは、デニス・ホッパーがクリエーティヴなセンスを失っていないからである。

さて、「蜘蛛女」の話だ。

この映画は〈悪徳警官もの〉で、往年の「殺人者はバッヂをつけていた」(一九五四年)などにつらなる作品といえる。色と欲に目がくらんだ刑事を演じるのはゲーリー・オールドマン。砂漠の中の一軒家に住む彼の回想で始まる古典的な発端が好ましい。

仲間に〈ロミオ〉と呼ばれる二枚目の主人公は女好きで、遊ぶ金欲しさにマフィアに情報を流している。もっとも、その金を地下にかくす堅実な面もあり、奥さんを大切にする男の性格がユニークである。

愛人を「カリフォルニア」のジュリエット・ルイスが演じるが、目の妖《あや》しさがよい。

1994

「ケープ・フィアー」でニック・ノルティの娘で登場したときから、只物(ただもの)ではないと思わせたが、このところ主演作がつづく。人気のジュリエット・ルイスが脇役《わきやく》で出てきて、あっさり殺されるのも凄《すご》い。

刑事はマフィアのボス（ロイ・シャイダー）さえおそれる女モナ（レナ・オーリン）のFBI引き渡しを命じられ、モナの強力さを思い知らされる。蜘蛛女とはモナのことなのだが、チャーミング（?）で、殺しの技術は抜群、おまけに超タフときている。この脚本は女性が書いているが、夢も希望もないこうした女の造形は男性にはできない。

マフィアのボスは主人公にモナ殺しを依頼する。六万五千ドルでひきうけ、殺しに行くと、モナはちゃんと心得ていて、五倍の金を払うから、自分が死んだことにしてくれ、とたのむ。

色仕掛けに弱い主人公（まるでタフでないのがおかしい）はふらふらとモナの側につく。マフィアのボスには片足を傷つけられ、モナには殺されかけ、と、主人公は〈ブリーディング＝出血中〉になってゆく。

とにかく、女殺し屋モナの強いことと強いこと。ピストルで撃っても死なないのだから、どうしようもない。女上位という古い流行語がぴったりで、思わず、笑ってしまう。

この〈ヴァイオレンスから生まれた笑い〉は、タランティーノ作品にも共通するもので、アメリカ、香港《ホンコン》に共通するように思われる。

57　香港《ホンコン》映画と日活アクション

ビデオ屋へ行くと、女子高生が「キリング・ゾーイ」を指さして、「やっぱ、タランティーノよねえ」などと言っている。そういう光景を二、三度見た。

クェンティン・タランティーノ監督が香港映画の影響を受けたことはよく知られている。このコラムでは、「レザボア・ドッグス」がチョウ・ユンファ主演映画にヒントを得たことを証明した。

では、その香港映画――とくにフィルム・ノアール、またはアクション映画はどこの影響を受けたのか。

答え――元気だったころの日本映画。

中川信夫《のぶお》監督の「東海道四谷《よつや》怪談」（一九五九年）を撮影したキャメラマン、西本正は日本映画史から姿を消した。

1994

これがかつて雑誌「リュミエール」（廃刊）にのった西本正インタビューの発端である（インタビュアーは山田宏一《こういち》、山根貞男《さだお》の両氏）。

それより以前、「明治天皇と日露大戦争」（新東宝）の撮影を手伝った西本正は会社から〈貸し出されて〉、香港のショウ・ブラザースの社長ランラン・ショウのもとへゆく。一九五七年。同行したのは独立プロの若杉光夫監督で、二人が作った映画は「異国情鴛」。若杉光夫の中国名は〈華克毅〉である。

西本は戦時中、満映（満洲映画協会）にいたから、大きな違和感はなかったらしい。一度帰国して「東海道四谷怪談」ほかを撮り、ふたたび香港へ。

そこで撮影した「楊貴妃《ようきひ》」がカンヌで高等映画技術委員会特別賞を得て、香港にも〈色彩撮影〉あり、と注目される。一九六二年、西本正の名は〈賀蘭山（ホウランサン）〉となっていた。西本は香港でひっぱり凧《だこ》になる。

香港にはそれまで、中国流のチャンバラ・アクションしかなかった。

おりしも、ショウ・ブラザースは日活のアクション映画を約二百本、まとめて買った。面白いから香港でもこういう映画を作りたい。どうせなら、日活の監督を呼んだ方が早いと、西本正に相談する。こうして、一九六六年十二月、井上梅次が香港入りする。音楽はなんと服部《はっとり》良一であった。

以後、中平康《なかひらこう》が四本、古川卓巳《たくみ》が二本、村山三男《みつお》（大映）が三本、島耕二《こうじ》が一本、といった具合で、香港アクション映画の基礎をかためた。

本当のアクション・ブームはブルース・リーからで、レイモンド・チョウ（ゴールデン・ハーベスト）にたのまれて、西本正は「ドラゴンへの道」のキャメラを担当する。ブルース・リー（監督兼任）と西本正は「死亡遊戯」を半分まで撮り、ブルース・リーのみ最後の映画「燃えよドラゴン」に出演する。撮り終えて、ブルース・リーは死んだ。

一九七一年、ぼくが初めて香港へ行ったとき、「小林さん」と中国人になめらかに呼ばれた。理由をきくと、小林旭《あきら》の映画をたくさん見たので、この名前だけは日本式発音ができるのだという。

「男たちの挽歌《ばんか》」（一九八六年）が封切られたとき、主演のチョウ・ユンファが若き日の小林旭にそっくりなので驚いたのだが、のちにチョウ・ユンファみずから、小林旭のアクション、小道具使い（タバコ、爪《つま》ヨウジ）を真似《まね》たと語っているのを読んで納得した。

香港アクション映画ことはじめ、以上のごとし。

「スピード」「フォレスト・ガンプ　一期一会《いちごいちえ》」など見たい映画を見られぬまま、年末を迎えた。

一九九四年のコラムはこれまで。

1994

1995

58 上沼《かみぬま》恵美子in「紅白歌合戦」

「紅白歌合戦」などというものが、いまだに残っているのがフシギなのだが、久しぶりにのぞいてみる気になったのは、篠原《しのはら》涼子と小林旭《あきら》が出ること——そして、なによりも司会の上沼恵美子のためだった。

東京に住んでいると、上沼恵美子を見るのは、週に一本（NHKの「生活笑百科」）だけである。

しかし、ぼくにとって、彼女は〈笑いの世界の山口百恵《ももえ》〉であった。はるか昔、五年間だけ輝いて消えていった天才漫才少女——それが上沼恵美子だ。

彼女は海原千里《うなばらせんり》として登場した。姉さんの海原万里《まり》と組んだ〈千里・万里〉の漫才コンビが登場したのは一九七二年、千里が十七歳の時だった。

つかみの挨拶《あいさつ》——、

千里「漫才界の白雪姫です」

万里「エクソシストです」

というのがぼくは好きだった。

千里は長身で美少女、万里は小柄で〈不細工〉というのが売りとはいえ、「エクソシストです」と言いきってしまうのがすごい。

突っ込みを入れれば、エクソシストというのは、人間にとり憑《つ》いた悪魔を追い払う人であり、悪魔のことではない。「エクソシスト」という映画が封切られたころの話であるが、まちがっているにせよ、若い娘がケロリとして「エクソシストです」と名乗るセンスと屈折が面白かった。

これで十年か二十年は楽しめるな、と思っていたら、二人はほぼ同じころ結婚して、引退してしまった。資料によれば、千里の引退は一九七七年だ。うっかり資料と書いたが、ぼくの手元の『ＴＶスター名鑑』（約一年前のもの）には、上沼の名前はない。

ぼくは「生活笑百科」でカムバックして、ホラを吹きまくる上沼恵美子が好きだが、東京の芸能ジャーナリストたちは彼女を知らなかったらしい。だから、ＮＨＫが「紅白歌合戦」の司会に彼女を起用すると発表したとき、なぜローカルな人物を使うのかと文句をつけていた。

正直にいって、〈千里・万里〉は全国区のタレントではなかった。幸か不幸か、おろかしい〈漫才ブーム〉のくる前に引退していた。だが、ああいうブームにまき込まれな

1995

かったことが、上沼恵美子にとっては幸いだった。

だいたい、芸のピークのとき（かどうかハッキリとはわからないのだが）に引退し、十数年後に「紅白」の司会をたのまれるなんて、芸人にとっては夢のような話である。

いまのテレビ界にはびこっている〈大阪弁の芸人〉ぎらいのぼくでも、上沼恵美子は別だ。

大阪の作家、阿部牧郎《まきお》氏の説によれば、〈幼児性むき出し、甘え、ちょっとした機転、それだけの世界〉である〈吉本笑法〉は、大阪の〈地方から出てきた勤労大衆〉向けのものであったという。が、すべての芸人が〈吉本笑法〉に支配されるわけではない。

一貫して「紅白」に否定的なぼくだが、出演が決まっただけで、タレントに活力をあたえることは知っている。一九九四年暮でいえば、篠原涼子がその一例だ。

また、司会といっても、ほとんどやることがないのも確かである。古舘伊知郎《ふるたちいちろう》・上沼恵美子コンビにしてもそうだった。（暮の二十五日、古舘の番組「おしゃれカンケイ」〈日本テレビ〉に出た彼女のほうがはるかにハツラツとしゃべっていた。）

それでもまあ、芸人さんはＮＨＫに出たほうがいい、とも思っている。一九九四年の「紅白歌合戦」は上沼恵美子が司会をやったことで記憶に残るだろう。衣装のセンスは大阪的だが、かんの良い司会ぶりだった。

59 「用心棒」と日本映画史

少しまえの話になるが、正月にNHK・BSで黒澤明の時代劇を特集した。

正月休みがあけると、知り合いの若い人たちの話は「用心棒」や「隠し砦《とりで》の三悪人」に集中し、三船敏郎《としろう》がスゴい、ということになった。おかげで、東京都内でまだやっている「パルプ・フィクション」をもう一度見に行く約束など消えてしまった。

元日の「七人の侍」は、近年スクリーンでみているのでパスしたが、二日の「用心棒」にはぶっとんだ。

この作品は一九六一年四月二十一日に有楽座での試写でみたきりだが、今度のほうがショックを受けた。

「用心棒」はダシール・ハメットのハードボイルド小説をうまく焼き直した、と二十代のぼくは安直に考えていたのだが、どうして、どうして、したたかな脚本で、「リオ・ブラボー」（日本封切は一九五九年）の〈人質の交換〉やらなにやらを詰め込み、当時流

1995

行のガンブームや日活アクション映画まで入っている。

仲代達矢の悪役が、イタリア製のマフラーを首に巻き、拳銃《けんじゆう》を片手に登場するのは、〈まるで宍戸錠《ししどじよう》〉である。

日本映画史を輪切りにしてみよう。

東宝の「用心棒」は「社長道中記」と二本立てで、四月二十五日に封切られている。リアル・タイムで見ているからわかるのだが、一九六一年春は日活映画の小林旭《あきら》と宍戸錠の時代である。（赤木圭一郎《けいいちろう》が事故死し、石原裕次郎が怪我《けが》をしたので、日活のスターはこの二人だけになった。）

ただし、二人しかいないのでは〈旭vs.錠〉の映画は作れない。旭は〈流れ者シリーズ〉〈渡り鳥シリーズ〉に主演し、宍戸錠は初の主演作「ろくでなし稼業《かぎよう》」をヒットさせて、第二作の「用心棒稼業」にとりかかる。

この「用心棒稼業」の封切は四月二十三日、東宝の「用心棒」とモロにぶつかった。映画マニアでもある宍戸錠は「用心棒」を見て、コウフンのあまり、一晩寝られなかった（拙著『コラムは歌う』＝ちくま文庫二二八ページにある）。黒澤明の「用心棒」のすごさを理解したのだ。そして「用心棒」の興収は三億五千万、いまに直せば三十五億以上というところか。

日活映画の屋台骨はここらからおかしくなる。まさか仲代達矢が「ヴェラクルス」のバート・ランカスターか、宍戸錠かというイメージで出てくるとは思わなかったのだ。やわな日活アクションは、黒澤明の強烈な無国籍アクションにやぶれた。

様式的なチャンバラ映画は当たらなくなり、第二東映（という系列があったんです）では、〈旭 vs.錠〉方式をこころみていた。ヒーローと悪役（の良い方）が、友情を抱き合いながら対決するというパターン。

ぼくは見ていないのだが、四月二十一日封切の「アマゾン無宿・世紀の大魔王」では、千恵蔵が旭の役、進藤英太郎が錠の役を演じたという。

さすがに、これではまずいと、六月には千葉真一主演の〈無国籍アクション〉「風来坊探偵・赤い谷の惨劇」「風来坊探偵・岬を渡る黒い風」が出る。どちらも監督は深作欣《きん》二《じ》。

だが、「用心棒」の影響が東映で出るのはもっとおそく、「十三人の刺客」（一九六三年）あたりからで、〈残酷描写〉が多くなった。（いまの目で見ると、「用心棒」の描写は意外なほどおとなしい。）

こうして、桑畑三十郎の一閃《いっせん》は、日活アクション映画と東映時代劇・東映アクション

1995

映画を斬《き》ってすてる形となった。

八カ月後、一九六二年一月一日に封切られる「椿《つばき》三十郎」の興収は、なんと四億五千万であった。

60　金子信雄《のぶお》の死

金子信雄が一月二十日に細菌性敗血症で亡《な》くなった。七十一歳だから、今にしては若い。

阪神大震災の直後にしては、東京の新聞の扱いはまあまあだった。先日、入江たか子が亡くなった時、〈化猫女優〉のことばかりで、「椿《つばき》三十郎」の奥方役で黒澤明がカムバックの敬意をはらったことが一行もないのにびっくりしたが、金子信雄はテレビの料理番組で知られていたせいだろうか。

金子信雄の名が映画ファンの目についたのは黒澤明の「生きる」（一九五二年）で志村喬《たかし》の軽薄な息子を演じたあたりからで、当時は文学座の二枚目であった。もっとも、二つ年下の大泉滉《あきら》だって、杉村春子を相手にクリスチャン（「シラノ・ド・ベルジュラック」）を舞台で演じたのだから、〈文学座の二枚目〉は比較的アテにならない。

文学座、青年俳優クラブを経て、一九五四年、日活の製作再開とともに、日活と本数

1995

契約を結ぶ。

やがて、日活は〈文芸映画〉から〈アクション映画〉に方向転換するが、金子信雄が新しい悪役らしさを出したのは「女を忘れろ」(一九五九年)あたりからだったか。女を海外に売りとばす役はいままでもあったが、男(小林旭《あきら》)を海外に〈売る〉政界の怪人物を演じ、忘れられない。

本格的な悪役は同年の「ギターを持った渡り鳥」のボスからで、しばしばチョビひげをつけ、人間的でコミックな悪役を好んで演じた。

最盛期の日活アクションは〈笑い〉が重要になってきたので、西村晃《こう》、小沢昭一、〈怪アジア人〉専門の藤村有弘《ありひろ》らが活躍したが、金子信雄は彼らより格上のボスを、葉巻をくわえて楽しげに演じた。「日活で家を建てた」というだけに本数も多い。

日活衰退とともに東映やくざ映画にも出るようになり、名作「総長賭博《とばく》」(一九六七年)でのヒゲを上下さかさまに付けた卑劣な悪役は忘れがたい。

東映の「仁義なき戦い」シリーズの山守親分の役は、はじめは三国連太郎あたりにゆくはずだった。ところが、第一部の脚本を読んだ金子信雄は、入院中なのに抜け出して、衣裳《いしょう》合わせにやってきた。そこで金子信雄に決まった、というのはウソのような本当の話である。

日活・東映で金子信雄が演じた悪役はいわば一つのタイプ（類型）である。

だが、自分は弱い弱いと言いながら、子分を争わせて君臨してゆく山守は、〈日本の治者《ちしゃ》〉の一つの典型になった。初めはいつもの悪役かと思っていると、三部、四部での演技は、相手に小林旭を迎えたせいもあって、もうとまらないぐらいハツラツとしていた。

ミコシは軽くてパーがいい、と放言した某政治家がいるが、軽いはずのミコシがかついでいる連中をあやつり、破滅させて、自分だけ生きのびる。脚本がしっかり書かれているからだが、〈日本の治者〉がこれだけ見事に描かれた映画はすくない。

一九七三年から七四年にかけて、シリーズ五本に出た金子は、七四年に紀伊国屋《きのくに》ホールで舞台版「仁義なき戦い」をプロデュースした。作者は福田善之《よしゆき》。主演の復員軍人は室田日出男《ひでお》で、山守親分はむろん金子信雄が演じた。ぼくはこの舞台も観《み》ている。

美食家としての金子はつとに有名で、一時は荻窪《おぎくぼ》にフランス料理屋を開いていた。ぼくは家族と食べにいったことがある。

「金子信雄の楽しい夕食」はテレビのオビ番組で、しだいに動きが鈍くなり、やたらにアルコールを口にするのが気になった。舞台にも立っていたが、近年は観たことがない。こと志とちがって悪役として名を知られたが、山守親分の像はビデオの中に輝かしく残っている。

1995

61 〈キャプラ的〉とはなんだろうか？

「未来は今」（脚本・監督・コーエン兄弟）という映画が封切られ、一部の〈映画史愛好的批評家〉がホメている。そのさい用いられるコトバは〈キャプラ的〉である。ぼくはこの映画を、去年、飛行機の中でみたのだが、どうも困ったものだというのが実感であった。

無邪気な青年が悪い資本家に利用されて追いつめられる、という筋書きだけをとれば、たしかに往年のフランク・キャプラ監督の名作の数々（「オペラ・ハット」「群衆」）に似ている。似ているどころか、引用、コラージュである。

しかし、全体をおおう〈一九三〇年代風セット〉は何だろうか？　一九五八年の物語をこうしたセットの中で展開させる奇怪さを日本の批評家はだれも指摘していない。翻訳家の芝山幹郎《みきお》氏だけが「キネマ旬報」で批判していたが、批評家はなにをしているのか？

もっとも、ぼくにしても、キャプラを〈一九三〇年代＝不況時代の理想主義的作風の人〉ととらえていたのは事実である。

こうしたとらえ方は、キャプラの「オペラ・ハット」「我が家の楽園」「スミス都へ行く」「群衆」についてはあてはまると思うが、「素晴しき哉《かな》、人生！」（一九四六年）は少しちがう。ブラック・コメディの先駆である「毒薬と老嬢」（一九四四年）はまったくちがうし、そもそも、スクリューボール・コメディの原点である「或《あ》る夜の出来事」（一九三四年）がまたちがう。

ま、これも仕方がないので、ビデオが普及するまで、ぼくらの世代でさえ、「或る夜の出来事」をみる機会がなかったのだ。

キャプラという人をよく理解していなかったのではないかと反省しつつあるとき、たまたま「一日だけの淑女」のビデオ（ジュネス企画）が出たので、買ってみた。セルスルーのビデオとしては少し高いのだが、いたし方ない。

禁酒法時代、ニューヨークの顔役がツキを呼ぶために町のリンゴ売りのお婆《ばあ》さんからリンゴを買っていた。ところがお婆さんの一人娘がフィアンセとヨーロッパから帰ってくる。自分の商売を娘にかくしているお婆さんはショックでリンゴどころではない。そこで、顔役はお婆さんを貴婦人に仕立て上げ、一人娘の結婚に手を貸そうとするが……。

というストーリーは原作デイモン・ラニヨン。ロバート・リスキンの名脚色をえて、立派なシナリオになった。

　これが「一日だけの淑女」（一九三三年）であるが、キャプラみずからリメイクして、「ポケット一杯の幸福」（一九六一年）という佳作を作っている。

　ジャッキー・チェンのファンなら、その物語は「奇蹟《ミラクル》」（一九八九年）だと叫ぶだろう。いやはや、ジャッキー・チェン脚本・監督・主演の「奇蹟《ミラクル》」は、まるまるの借用なのである。

　さて、「一日だけの淑女」であるが、知らないスターばかり出てくるので、めんくらったものの、その〈語り口〉の面白いこと、やめられなくなること受け合いである。「ポケット一杯の幸福」は百三十六分なのに、原型である「一日だけの淑女」はなんと、九十五分なのである。まったく同じストーリーを四十分短く語るのだから、テンポが良いはずだ。当然、アメリカでの評価は「一日だけの淑女」の方がずっと高い。

〈キャプラ的〉とは何か？

　それは映画的ということではないかと、ぼくは荒っぽく考えた。

　なにしろキャプラは、ハリー・ラングドン（無声時代のコメディアン）のギャグマン＆監督だった人だ。「当りっ子ハリー」（一九二六年）のビデオを前にして、ぼくはまだ考えている。

62　ＡＦＩ功労ショウのパーティをたたえる

「栄光のハリウッド／ＡＦＩ功労賞に輝く巨匠とスター」（パイオニア）というレーザーディスクが、映画マニアのあいだで話題になっている。

ＡＦＩとは〈アメリカン・フィルム・インスティチュート〉の略で、一九七〇年ごろ設立された。ひとことでいえば、アメリカ映画とテレビの遺産を保存する非営利的な機関、とでもいうのだろうか。

〈功労賞〉は〈生涯の業績をほめたたえる賞〉である。つまり、年に一回、功なり名とげたアメリカの映画人に賞をおくり、仲間や後輩がお祝いの言葉をのべる。テレビではその光景が放送される。

第一回（一九七三年）のジョン・フォードの時は地味で、ぎくしゃくしているが、そこはショウビジネスの国、二回目のジェームズ・キャグニーをかこむパーティからショウとしてもすばらしいものになった。

1995

今回、レーザーディスクで発売された人物は、ジョン・フォード、キャグニー、オーソン・ウェルズ、ベティ・デイヴィス（この四人が第一巻に入っている）、ヘンリー・フォンダ、ヒッチコック、ジェームズ・スチュアート（これが第二巻）の七人である。

これらの一部は日本のテレビでも放映されたが、スーパーがいいかげんであったりして、不満が残った。その点、今回のレーザーディスク版は山田宏一《こういち》氏が字幕を監修しているので、安心してみられる。

七人のうち、ジェームズ・スチュアートをのぞく六人が故人になっている。また、パーティにあつまる往年のスターたちも故人になった人が多い。

ジェームズ・キャグニーの回（一九七四年）が特にすばらしいのは、引退しているキャグニーをひっぱり出して、当時としてもそんなことをやるはずがないフランク・シナトラが最高の司会ぶりをみせることである。

キャグニーといえば、ぼくの父親の年代のスターである。トーキー初期のやんちゃで残酷なギャング役の断片を次々にみせられるのが、まずありがたい。

このスターは自分を〈ソング・アンド・ダンス・マン〉と考え、ギャング役は好まなかった。そこで非情なギャングぶりとともに「ヤンキー・ドゥードル・ダンディ」と「エディ・フォイ物語」における卓抜なタップダンスもみせる構成になっている。

フランク・ゴーシンという当時のトップクラスの物真似師《ものまね》がキャグニーの真似をした

あと、カーク・ダグラスとジョージ・シーガルの三人でキャグニーの歌真似をする光景にはぶっとぶ。（もっともカーク・ダグラスはこういうコトが好きで、何十年も前のアカデミー賞の式で、バート・ランカスターと共に「おれたちはノミネートされないでよかったね」という歌をうたっていた。）

このあと「キャグニー氏もびっくりしただろう。しかし、本物の迫力はこうです」と、シナトラが双方を立てて「ヤンキー・ドゥードル・ダンディ」の名場面をうつす構成がみごとである。シナトラはオーソン・ウェルズの回（一九七五年）での司会ぶりも見事で、超一流のショウマンだったと改めて認識させられた。

このシリーズはあと、アステア、キャプラ、ジョン・ヒューストン、リリアン・ギッシュ、ジーン・ケリー、ビリー・ワイルダー、ジャック・レモンが出るらしいが、ぼくの見方では、ケイリー・グラントが入っていないのが不可解。また、一九九〇年代に入ってからもポール・ニューマン（監督もしているのに）がないのが、どうもわからない。今年はスピルバーグが受賞するというのも、やれやれだ。

スピルバーグの前に大物がひとりいるじゃないか。ほら、クリント・イーストウッド！

63　ＡＦＩとキャプラ、ワイルダー

べつに提灯《ちょうちん》持ちをする気はないが、「栄光のハリウッド／ＡＦＩ功労賞に輝く巨匠とスター」（パイオニア）の三巻、四巻が出たので、ぜひ触れておきたい。

ここにおさめられた監督・スターは、次の通り。

アステア、フランク・キャプラ、ジョン・ヒューストン、リリアン・ギッシュが三巻。ジーン・ケリー、ビリー・ワイルダー、ジャック・レモンが四巻。

ショウとしての圧巻はフレッド・アステア（一九八一年）であろう。

ゲストのジェームズ・キャグニーが、

「なぜいまごろ、アステアに賞を出すのか」

と不機嫌そうにボヤいたように、この功労賞はいかにも遅い。

しかしながら、「ザッツ・エンタテインメント」でマスコミにカムバックしたアステアの人生は華麗である。昔の主演作が次々に紹介されるが、これまた華麗そのものだ。うっとりしてしまう一枚である。

フランク・キャプラ（当時八十五歳）は、北島三郎もまっさおというギンギラギンの上着を着て、まるでマフィアの親分である。一族にかこまれて大ごきげん。横にはべるのがクローデット・コルベールというのもおそれいる。

キャプラが最後に述べる謝辞がすばらしい。彼は六歳で両親とともにシシリー島から移住してきたのだが、〈個人の尊厳〉と〈自由〉という民主主義の原則にふれて、

「私をむかえてくれたアメリカの大地にキスして感謝したい」

と語る。

「〈キャプラ的〉とはなんだろうか？」で書いたことを補充する形になるが、キャプラとにせキャプラの差は、〈個人の尊厳〉と〈自由〉を心の底から信じているかどうかにあると思う。移民で、どん底から這《は》い上がってきたキャプラは〈アメリカン・ドリーム〉を心から信じている。「或《あ》る夜の出来事」や「素晴しき哉《かな》、人生！」のシンプルな強さの秘密はそこにある。

ビリー・ワイルダーは〈脚本家・監督〉としての功労が評価された。

だから、「ニノチカ」「ミッドナイト」といった脚本のみの作品も上映される。アメリカで愛されている作品が「サンセット大通り」「お熱いのがお好き」であるのも興味深

1995

い。

ワイルダーの謝辞も面白い。

「いまや、ハード面の発明はとどまるところを知らない。世界中の人間が（衛星放送で）一つの映画を見ることも可能だろう。……じゃ、その映画、ソフトは誰が作るんだ？」

ここで、どっと拍手がこなければならないのだが、当時（一九八六年）、スターたちはソフトの問題に無関心だったとみえて、どうも盛り上がらない。

この〈生涯の業績をほめたたえる賞〉も、ジャック・レモンのような現役スターが入ってくると、路線がおかしくなってくる。

ジャック・レモンは実際のとしより老《ふ》けて見えるスターで、現在も現役で良い仕事をしている。

日本では、アカデミー賞主演男優賞を得た「セーヴ・ザ・タイガー」（一九七三年）が公開されていなかったりするのだが、「摩天楼を夢みて」（一九九二年）の初老セールスマン役は絶品であった。

ジャック・レモンはよいとしても、ケイリー・グラントになぜ功労賞をあげなかったのか、ぼくは疑問に思っている。（アメリカのロマンティック・コメディは、ケイリー・グラントとコルベールが作ったといってもよいだろう。）この賞に値するスターは、そういないと思うからだ。

1995

64　〈カルト〉GS映画の内幕

〈小林信彦が脚本を書いたカルト映画〉とビデオの紹介にあったので、びっくりした。新聞のビデオ欄や情報誌にそう出ているので、いやー、マイった、と思った。

「進め！ジャガーズ　敵前上陸」（一九六八年）のビデオが、三月末に発売されたのである（松竹ホームビデオ）。

もちろん、ぼくは知っていたし、ごくわずかなギャラ（信じられないほどすくない）ももらっている。ギャラがすくないのは、ビデオの本数がすくないからでしょう。もうギャラがくることはないので、この文章は宣伝ではない。あくまでも、ウラバナシである。

日本映画の興行ピークは一九五八年で、一九六八年といえば、もうメタメタな状態になっていた。大映はつぶれる前だし、日活は〈にっかつ〉になる前だ。松竹も寅《とら》さんシリーズが出る直前で、なにをやったらよいのかわからなくなっていた。（今と同じですね、ここらは。）

当時はグループサウンズ・ブームで、各社でＧＳの映画を作るのが流行した。一九六七年秋、松竹もその波にのりたいという。

たまたまスパイダースというグループがつかまったので、一本つくりたい。芝居などできっこないから、ビートルズの「ＨＥＬＰ！」でゆくしかない、というのが、プロデューサー氏の言いぶんであった。

なぜ、ぼくのところにきたかといえば、ぼくは別名でテレビの仕事をやたらにやっていたのである。「九ちゃん！」（日本テレビ）「植木等ショー」（ＴＢＳ）など、いずれも高水準、高視聴率の番組だったから、目をつけられてもフシギではない。

当時、ぼくには強力なマネージャーがついていた。だから、二つ返事でひき受けたのだが、ぼくの見えないところでモメゴトがあり、スパイダースはおりてしまった。いろいろあって、主演はジャガーズというＣ級のグループになった。

Ｃ級というのは人気度、知名度のことであるが、この時点で、映画はもうアタらないとぼくは思った。

それでも日本映画はまだ豊かだった。一九六七年の暮、ぼくは第一ホテルにかんづめになって、ステーキやＸマスディナーを食べつづけ、六八年に入ってからは節約ということで、山の上ホテルに移った。

シナリオは実にさらさらとできたのだが、その原稿をみて、社長（城戸《きど》四郎）が怒り狂った。

監督の前田陽一の話では、登場人物の一人（「てんぷくトリオ」の戸塚睦夫《むつお》）の役名が、ヴァレンチノになっていたので激怒したらしい。戸塚睦夫という人はラテン系の役をやらせると似合ったので、冗談で〈ヴァレンチノ〉としたのだが、城戸社長にとっては、この名は神聖なものだったのだろう。

ぼくが妥協しないので、前田陽一が手伝い、二人でシナリオを直して、なんとか撮影にこぎつけた。前田さんには迷惑をかけたと思う。

あんのじょう、お客は入らない、批評は悪い、という破目になったが、新しい「映画芸術」（一九九五年冬の号）をみると、大森一樹《かずき》監督が、

「あれは空前絶後の傑作ですよ」

と語っている。

現金なもので、ホメられるとうれしいんですね、これが。

「進め！ジャガーズ　敵前上陸」の取柄は、

1　若き日のハツラツとした伊東四朗が見られる。

2　南道郎が珍しく〈良い日本兵〉を演じている。

この二つでしょう。

しかし、封切後二十七年もたって、ビデオ化されるとは思わなかった。ぼくは見かえして、感無量でした。

（1995）

65 最後の喜劇人・伊東四朗

文化放送土曜日の四時間番組「伊東四朗のあっぱれ土曜ワイド」のことは以前にも書いたが、林家ペーや前川清をゲストに迎え、あいかわらず好調。

前川清の回（四月八日）では、伊東四朗ののった飛行機のプロペラが片方とまった話に大笑いした。「プロペラがとまって、ジェット機になるのです」と知ったかぶりをする親父《おやじ》がいたというのである。

さいきんの伊東四朗を見ていると、〈最後の喜劇人〉という言葉が頭に浮かんで仕方がない。

伊東四朗は一九三七年、浅草に生まれた。彼の言葉をきいていて、ほっとするのは、下町のイントネーションでしゃべっていることである。東京の下町生まれというのは強力な武器になる。（記憶で書くが、渥美《あつみ》清は上野生まれのはずだ。）

ぼくが早大文学部を出たのは一九五五年。入れちがいに文学部の生活協同組合に入ったのが伊東四朗で、一九五六、七年といたという。牛乳びんのフタをとるのがとても早かったらしい。

軽演劇（この言葉も死語になった）へ行くか歌舞伎《かぶき》へ行くかを悩んで、一九五八年、石井均一座に入る。石井均一座の旗上げは浅草で、五九年に新宿の松竹文化演芸場を本拠にした。

以後、六二年にてんぷくトリオを結成、戸塚睦夫《むつお》の死（一九七三年）とともに一本立ちする形になった。

「九ちゃん！」「てなもんや三度笠《さんどがさ》」に同時に出ていた六〇年代後半に、伊東は実力をつけた。（ただし、「てなもんや三度笠」での女形役の伊東はつけたし的な扱いで気の毒。「てなもんや」出演の橋渡しをしたぼくとしては、申しわけなく思っている。）

伊東四朗が本領を発揮したのは「笑って！笑って!!60分」や「みごろ！たべごろ！笑いごろ！」での小松政夫とのコントで、マゾ風の小松を伊東が徹底的に突っ込むのだが、突っ込む前にシャモジで「とりあえず……」と相手の頭をピシャリとやるタイミングが強烈におかしかった。

本質的にはシャイな伊東が、コントとなると、別人のようになる。「電線音頭」が出たのもここからで、七〇年代後半に、伊東にしてみれば奇妙なブームがおきた。

1995

役者としての伊東四朗にふれる余裕がなくなったが、ぼくに限らず、伊東四朗は性格俳優になると見ていた人が多いのではないか。げんにテレビドラマや映画では、そういう扱いになっている。

一方、NHKの特番での司会者といった役目もある。そういう時の〈ほどの良さ〉は永年の習練のたまものというしかない。

NHKで「コメディーお江戸でござる」が始まって、伊東四朗を中心に小松政夫も出るというので見た。

いくらお堅いNHKとはいえ、伊東・小松をそろえて、新宿コマの喜劇みたいなことをやっているのは惜しい。(桜金造がいい味を出しているが。)

色もの(漫才その他)の芸人はこれからも出てくるかも知れないが、ドラマ、コント、司会のすべてができるコメディアンは、もう出てこないのではないか。あるいはビートたけしがと、かつては思ったが、犯罪者役は別にして、コントもドラマも不成功だった。

ひとりで奮闘する伊東四朗(〈奮闘〉という風に見せないのが奥床しい)を見ていると、やはり、〈日本の喜劇人〉はここらで終りかな、とも思う。

他人に気をつかい、サービスするが、どこか気むずかしくなった下町人・伊東四朗は、今後も目がはなせない。

66 「青島だぁ」という固定観念

青島幸男《ゆきお》が東京の新都知事になった翌日、〈無党派の勝利〉をホメそやしたマスコミは、一転して、青島をからかう論調になっている。〈タレント上がり〉に何ができるかという一種の差別である。青島幸男＝タレントというのは、かなりの年齢の人の記憶であろう。

東京在住のぼくからみると、鈴木前都知事は戦後最悪の存在であった。美濃部《みのべ》（さらに前の都知事）の作った二千四百億円の赤字を八年かけて消した時点でやめていればまだしも、その後の八年を都庁の新宿移転（三千百億円）、さらに九兆三千億円を海中に〈投棄〉する臨海副都心計画、赤字必至の世界都市博についやし、オウム真理教に宗教法人の認証をあたえた。

十六年間の疑惑（ゼネコン関係ほか）はきりがないのだが、これらをすべてそのままにしてやめる。とんでもない〈無責任男〉である。とくに都市博とやらは、八十四歳の権力者の妄執にすぎない。

1995

世界都市博の中止、オウム真理教の認証問題——この二つだけでも、後任者には大迷惑だ。

青島幸男について書かれるとき、必ず彼の受け台詞《ぜりふ》「青島だぁ」が引用される。これはいったい何だろうか。

きちんと書いておくが、「青島だぁ」という台詞は一九六二年暮の「シャボン玉ホリデー」から生まれた。谷啓とならんで、明治の文士スタイルの二人が、

「谷だ」

「青島だ」

と空いばりする。この台詞のタイミングが面白くて、一九六三年十二月には「青島だァー」というレコード（クラウン）が出ている。

そのレコードを録音したテープをききかえしてみると、

「青島だぁ」

などとは言ってはいない。

「青島だ」

か、

「青島だっ」

である。

この流行語（?）は長くは使われなかった。

近く出るという「シャボン玉ホリデー」のビデオをみればわかるが、一九六五年、六六年ごろの青島幸男は、もうこの台詞を口にしてはいない。一年か一年半でやめたと見るべきだろう。

では、マスコミは、なぜ、いまごろ、「青島だぁ」とか「青島だぁ～」と書くのだろうか。

ひとことでいえば、前記の事情を知らない世代の人たちが記事を書くからである。一九六八年の参院選のときの資料を見たりして書いたのだろうが、しかし、〈タレント議員〉をからかおうとか、足をすくってやろうという気持がどこかにあるのではないか。とすれば、百七十万の有権者（ぼくもふくむ）をバカにすることになる。

「シャボン玉ホリデー」の初期を見ていた人は、どう考えても、五十に近いはずだ。計算すると、そういうことになる。三十代の記者、編集者が「青島だぁ」と書いたりするのは、一つの固定観念からだろう。

固定観念ぐらい困ったものはない。〈ノーベル賞作家〉は神に近く、〈タレント議員〉はたとえ作家でも大したことはないと考えてしまう。横山ノックの当選はある程度予想されたことだが、たまたま両者が当選すると、「青島だぁ」「パンパカパーン」という具合に、いっしょにされてしまう。

ぼくは青島幸男の健康を本気で心配している。それからテロだ。ＳＰが付くのだろうが、テロは本当にこわい。

注・この文章が活字になったあとで、オウム真理教一派による都庁テロがおこなわれた。青島都知事は危害をまぬがれたが。

67　コメディアンはどう〈着地〉するか？

伊東四朗さんから長文の手紙を頂いた。先日、このコラムに書いたことへの感想である。

手紙を読み終えて、ふと考えた。伊東さんはコメディアンとして、近年、〈着地〉がもっともうまくいったケースではないかと。

〈着地〉というぼく流の用語をご説明する。

昭和の前期を代表するコメディアンはエノケンとロッパだが、エノケンは昭和の初め、ロッパは昭和十年代に〈おかしさ〉〈実力〉ともにピークに達してしまった。二人とも、あとは下降するしかない。

『古川ロッパ昭和日記』全四巻（晶文社）を読むと、ツキがツキを呼ぶ時代、なにをやっても失敗する時代と、明暗がはっきりしている。

結論からいえば、二人とも芸人としての〈着地〉に失敗した。エノケンの場合は片足

1995

を失う不幸があり、それが悲劇を加速した。ロッパの日記を読むと、これだけ稼いだ人が……と思うくらい、晩年、お金の苦労をしている。

古川ロッパ一座の若手だった森繁久彌《もりしげひさや》がいかに画期的なコメディアンであったか、短いスペースでは書けない。ぼくの『日本の喜劇人』（新潮文庫）を読んで欲しい。

ドタバタとはいえないが、アチャラカのうまいコメディアンと思われていた森繁久彌は一九五五年（昭和三十年）、「夫婦善哉《めおとぜんざい》」一作で重喜劇の役者に転身する。といっても、まるで変わったわけではない。アチャラカ映画とシリアスな映画に同時に出ていた。ぼく流にいえば、「夫婦善哉」が森繁さんの〈着地〉点ということになる。

当時の若いコメディアン、役者志望者は、みんな、この〈着地〉を見ている。

そういう人たちの中では、「男はつらいよ」第一作で〈着地〉した渥美清《あつみ》がまず目につく。「男はつらいよ」は渥美清のおかしさが半分も出ていないという人がいるが（そして、たしかに正論ではあるが）、若いころのアチャラカ芝居をずっとつづけることはできない。〈着地〉は年齢と関係があるのだ。良い意味での〈安定〉といってもよい。

伊東四朗はトリオ出身という大ハンデを背負っていた。若いときからおかしかったのだが、さまざまな事情で一般大衆が認めるのが遅れ、ここ十年ぐらいの間に、ソフト・ランディングした。遅れた代わりに、芝居がうまくて、おかしい、コントもこなす、という強力な存在になった。(彼はレコード化されていない森繁の歌を片っぱしからうたえる。)

植木等はクレイジー・キャッツの人気下降後、悪戦苦闘した。「新・喜びも悲しみも幾歳月《いくとしつき》」(一九八六年)の老人役が評価されたが、世間的には「スーダラ伝説」のヒットだろう。これもソフト・ランディング。

萩本欽一《はぎもときんいち》も本当はこのクラスのスターなのだが、コント55号時代、「欽どこ」時代と二度もブームを起こしながら、いまだ〈着地〉にいたらない。テレビというメディアのはかなさともいえる。

植木、萩本の二人は昔のビデオがほとんど残っていないのがつらい。

とくに、二十代の萩本はエノケン以上といわれた身の軽さで、日劇の舞台をはねまわった。舞台はともかく、テレビでのビデオが残ってさえいれば、年に一度、その特番をやり、ホスト役で出ればいいのだが。

――と思うのは、萩本が影響されたジェリー・ルイスという往年のコメディアンがそうした存在であり、年に一度、チャリティ番組(日本の「二十四時間テレビ」の原型)の司会をやるだけだったからだ。

だが、そのジェリー・ルイスがごく最近、突然、ブロードウェイ・ミュージカル「ダム・ヤンキース」に重要な悪魔役で登場し、観客を沸《わ》かせているという。これは近々自分の目で見てきて、ご報告します。

68 〈戦後五十年〉というけれど

最近のレコード事情にうといぼくでも、山下達郎さんの「サンデー・ソングブック」(TOKYO－FM)をきいていると、アメリカで古いレコードが次々とCD化されているのが分かる。

いまや、フレッド・アステアが舞台で演じた「バンド・ワゴン」(一九三一年)のCDまで発売されているから、大半の音は入手できる。

その点、日本の一九四〇年代前半のレコードは、太平洋戦争中ということもあるが、入手がむずかしい。空襲で焼けてしまったという事情もあるのだが。

必要があって、一九四四年(昭和十九年)に出た「前線へ送る夕《ゆうべ》」というアルバムを探した。

そもそもはNHKの人気番組で、戦争中の数すくないエンタテインメントであった。落語あり、音曲《おんぎょく》ありのカンヅメのようなもので、ハイケンスのセレナーデで始まる。こ

1995

のセレナーデがラジオから流れると、人々はラジオの前に集まった。

あまりにも人気があったので、数枚組のレコードが作られた。ぼくが大事に持っていたのは、中に古川ロッパの声帯模写(声色《こわいろ》)が入っていたからである。ロッパは声色のレコードを一、二枚出しているが、エノケンの物真似《ものまね》をやったのはこれしかない。

五十年以上前のものだから、ふつうの手段では入手できない。週刊誌で告知をしたが、返事はない。

――と思っていたら、意外なところからお知らせを頂いた。古川ロッパの未亡人である。ロッパの関係した二枚は早稲田の演劇博物館におさめたという。

さっそく、演劇博物館に行き、レコードがニッチク(日本コロムビア)から出たのを確認した。その上で――ムダとは思ったが――日本コロムビアに問い合わせると、親切な人が調べてくれた。レコードはなんと六枚組であった。

当時のレコードは片面が三分三十秒が限度だそうだから、六枚組といっても大した長さではない。

それにしても、お知らせを頂いてから、こうすらすらと調べが進むのは珍しい。ラッキーといえよう。

参考までに「前線へ送る夕」の構成を書いておこう。

1　A面　ロッパの挨拶《あいさつ》と歌
　　B面　藤本二三吉《ふみきち》の端唄《はうた》
2　A面　軽音楽
　　B面　軍歌
3　講談　義士外伝（貞丈）AB面
4　A面　三亀松《みきまつ》の都々逸《どどいつ》
　　B面　一路・突破の漫才
5　落語　長屋の花見（金馬）AB面
6　A面　歌謡曲
　　B面　ロッパの声帯模写

太平洋戦争中としてはケンラン豪華、ということがおわかり頂けるかどうか。その時代なりの大衆文化はあったわけで、〈歌謡曲〉とだけ書いたが、これは松原操《みさお》と菊池章子《あきこ》である。当時としてはベストメンバーのアルバムなのだ。

〈戦争中のもの〉というだけで、この辺りのレコードはほとんどが闇《やみ》に消えている。レコードそのものが焼失したのは確かだが、NHKにはかなり保存されていると睨《にら》んでいる。（なぜかといえば、今年の正月に、〈アノネのオッサン〉こと高勢実乗《たかせみのる》のレコードの

1995

一部が「ラジオ深夜便」で流されているからだ。）

ぼくの調査は〈物好き〉といわれても仕方ないのだが、戦時中の大衆文化の調べは、いま、やっておいたほうがいい。ＮＨＫ・ＢＳの「戦後五十年」のロカビリーの回を見たが、時代考証がむちゃくちゃ。〈戦後〉でさえ、もうアブナイのである。

69 キャンディス・バーゲンin「マーフィー・ブラウン」

ＮＨＫテレビといえば＝つまらないというイメージが、まずある。さいきんはオウム関係の特番が視聴率をとったぐらいで、ドラマや音楽番組はみごとにつまらない。だから、天気予報とニュースのヘッドラインしかみない。〈皆様のＮＨＫ〉は半官半民というが、まあ、お役所で、〈一般大衆〉をひどく低いものに設定している。

だから、日曜日の夜十一時半から二十五分、「ＴＶキャスター　マーフィー・ブラウン」を放送しているのを知らなかった。番組表には「マーフィー・ブラウン」とあるが、それがあの「マーフィー・ブラウン」とは知らなかった。少しはＰＲするがいいじゃないか。

「マーフィー・ブラウン」は三十分番組（ＣＭが抜けると二十五分になる）で、アメリカでは一九八八年十一月十四日からオンエアが始まった。ＣＢＳで、月曜日の夜九時からという良い時間である。

この番組は、今どき珍しい、クラシックなシチュエーション・コメディである。テレビ界の内幕をあつかっているので新しく見えるが、実は古典的なアメリカ・コメディ。世が世であれば、キャサリン・ヘプバーンが演じそうな世界である。

中心になるのは、スター・リポーター（日本流にいえばキャスター）のマーフィー・ブラウンであり、演じるのは、なんとキャンディス・バーゲンである。

キャンディス・バーゲンは往年の人気腹話術師エドガー・バーゲンの娘である。生まれはハリウッドだが、ヨーロッパで教育を受けた。

〈グレース・ケリーの再来〉というのが、シドニー・ルメット監督の「グループ」（一九六六年）の主役でデビューしたときのキャッチコピーだが、ぼくは〈バーグマンの再来〉だと思っていた。それほどの美貌《びぼう》だった。

彼女が不幸だったのは、ヴェトナム戦争、ニューシネマの時代にぶつかったことで、「ソルジャー・ブルー」「さらば荒野」など汚れ役が多く、〈超大型知性派新人〉が花を咲かせぬままに終った。現在はフランスの映画監督ルイ・マルの夫人で、四十九歳。

マーフィー・ブラウンは花も実もある四十二歳のキャリア・ウーマンである。（計算すると、キャンディス・バーゲンがこの役をスタートさせた時が四十二歳なのですね。）

彼女は鼻っ柱が強く、目立ちたがり屋で、つき合いのよい人間ではない。彼女を囲むスタッフたち（これはテレビで見て頂くしかない）が彼女を無視したり、甘えたりするごとにかりかりして怒り狂うのが、今のキャンディス・バーゲンにぴったりで、ぼくが知る限り、この役で〈コメディ部門最優秀主演女優賞〉（エミー賞）を二度もらっている。「マーフィー・ブラウン」という番組そのものもエミー賞を得ている。

二十五分のコメディだから、ワンアイデアで面白さが決まる。

一例をあげれば、コーキーという女の子（リポーター）がエミー賞のような賞をとってしまい、大得意になる。関係者全員がうんざりし、マーフィー・ブラウンにいたっては怒り狂って自宅に戻るが、戸棚をあけると、そこにはずらりとトロフィーがある……というオチのつけ方。こういう時のキャンディス・バーゲンのくさり方――怒った目、ゆがんだ唇が、ハリウッド喜劇の王道を行っていてすばらしい。

彼女をめぐる男たち、二十五年やっているアンカーマン（この職はどう訳したらいいのか？）から彼女の家の内部をのべつ塗っている謎《なぞ》の塗装業の男まで、キャラクターが面白い。

キャンディス・バーゲンも、別れた両親が再会する一時間物では、しみじみとした味を出し、アメリカに住む友人たちがしばしばこの番組の話をするのがよくわかった。

70　イーストウッド監督の秀作「マディソン郡の橋」

二週間ほど、ニューヨークへ行っていた。主な目的は舞台を見ることである。今年ほど充実した楽しみを得られた年も珍しいが、それらは次回に書きます。

映画はサマーシーズンの始まりで、お子様用の「キャスパー」と「ダイ・ハード3」が封切られていたが、六月初めに「マディソン郡の橋」が封切られ、興行収入で「ダイ・ハード3」を抜いた。クリント・イーストウッド、メリル・ストリープ主演というのは〈ブロックバスター作品〉なのですね、向こうでは。

ベストセラー『マディソン郡の橋』というと、うんざりする人も多いと思う。ぼくもその一人。

おや、と思ったのは、イーストウッドの監督作品だったからだ。「恐怖のメロディ」いらいのイーストウッド監督作品のファンであるぼくは、六十八丁目の映画館にかけつけました。新しい映画館で、サウンドがよろしい。これで八ドル（約七百円）は、日本人からみれば安い。

「マディソン郡の橋」は（意外にも！）堂々たる作品であった。

まず脚色がいい。リチャード・ラグラヴェニーズという舌を嚙《か》みそうな名前で、「フィッシャー・キング」の脚本を書いた人だ。彼自身はこの脚色に乗り気ではなかったが、姉さんが原作のファンなので、やってみるか、という気になったという。

R・J・ウォラーの原作の無駄な部分、甘い〈詩的な〉ムードを、ラグラヴェニーズはばっさり切ってしまった。原作は現代の部分と一九六五年の部分（中年の恋）から成り立っているが、現代の部分をかなり切り、キンケイド（イーストウッド）の過去も後日談も完全に切ってしまった。

こうすると、アメリカ兵と結婚はしたものの、アイオワの田舎にきてしまったイタリア女フランチェスカ（メリル・ストリープ）の退屈な日常がくっきりと浮かび上がる。夫と十代の子供二人がステートフェアに行ったために、ひまで困っている主婦（もう中年になっている）が、旅烏《たびがらす》のカメラマンとめぐりあう。

旅烏のキンケイドは原作で〈最後のカウボーイ〉云々《うんぬん》と説明されているが、イーストウッドが登場すればそんな説明はいらない。ホースの水を浴びるイーストウッドの肉体は、六十四歳とはとても思えない。

メリル・ストリープはぼくの苦手な女優なのだが、恋に落ちて、鏡で自分の肉体を眺めたり、近くの町へいそいそとドレスを買いに行く姿が実にかわいらしい。淡々とした描写なのだが、ヨイのです、これが。それにエロティックです。原作では四十五歳、彼女もそのくらいのトシです。

二人のラヴ・シーン、ベッド・シーンは極端に抑制されていて、しかも流れる音楽がいい。イーストウッドの選曲のセンスが抜群です。

〈四日間の熱愛〉が終ったあと、雨の中で女が男の車を見るシーンは映画史に残るでしょう。女は夫の車に乗っているのだが、ドアのハンドルに手をかける。男の車にかけよるかどうか——というこのサスペンス。映画の醍醐味《だいごみ》ではないですか。

この作品で、〈イーストウッドはアメリカの古典的な巨匠たち(たとえばジョン・フォード)の最後の一人になった〉という「ニューヨーク」誌の意見に大賛成です。「許されざる者」を監督して、しかも、こういう恋愛映画を監督し、成功させられる人が他にいるだろうか。

テレビで、イーストウッドはメリル・ストリープを〈本当のプロ〉と絶賛していた。それでも、この映画の〈二人の恋〉は、シナリオの順に撮られたそうです。イーストウッドとしても、慎重に仕事をしたのですね。

71　ブロードウェイ1995　6月

トニー賞というのは、〈ブロードウェイのアカデミー賞〉である。実力派演技者からみれば、アカデミー賞よりトニー賞のほうがプラスが大きいかもしれない。アカデミー賞は、実力プラス・アルファ（人気、時の勢い）によって左右されるが、トニー賞は行方がだいたい読める。（「ニューヨーク・タイムズ」の予測は去年も今年もみごとに当たっている。）

今回、七つの舞台と一つのショウ（オフ・ブロードウェイ）を見た。七つの舞台は、かなり前に友人にチケットをたのんでおいたもので、トニー賞とは関係がないが、六月四日に賞が発表されると、おのずと関係ができてしまう。七つを、見た順序で、短く感想を述べる。

1　「ショウ・ボート」

おなじみ大河小説のミュージカル化で、十年まえにも見ているが、今回の方が演出・

振付けが新しい。（トニー賞・ミュージカル・リバイバル部門受賞）

2「サンセット大通り」

ビリー・ワイルダーの名作映画のミュージカル化。映画と同じく〈プールに浮かんだ死体〉で始まり、いっきに見せるが、ヒロイン、ノーマ・デズモンド（グレン・クロース）の描き方がホラー風なのはどういうことか？　原作の黒いユーモアがない。（ミュージカル部門主演女優賞をグレン・クロースが獲得。作品自体も賞を得ている。）

3「努力しないで出世する方法」

これもリバイバル・ミュージカル。主演のマシュウ・ブロデリックが意外なコメディ演技で、トニー賞を得た。

4「スモーキー・ジョーズ・カフェ」

リーバー&ストーラー（「ハウンド・ドッグ」ほかの作詞作曲コンビ）の作品を歌と踊りでつづったもの。賞はとれなかったが、見ごたえのあるパフォーミング・アートだった。日本で見られない（逆立ちしてもできない）のはこの種の作品なのです。

5「無分別」（ジャン・コクトーの「恐るべき親たち」）

乱脈一家の喜劇だが、息子にべたべたの母親を演じるのがキャスリーン・ターナー。たしか二度目のブロードウェイ挑戦だが、演技的にはいまひとつ。しかし、面白い芝居であった。

6　「ダム・ヤンキース」(映画化題名「くたばれ!ヤンキース」)

実によくできた話なのだが、ニューヨーク・ヤンキースが強くて仕方がなかったことが土台になっているので、現代には直せない。一九五五年版のままの上演。「ファウスト」の大リーグ版であるが、昨年は、悪魔のアプルゲートをヴィクター・ガーバーという役者が魅力的に演じて、ほれぼれするような悪魔ぶりを見せた。

この役を今年はジェリー・ルイスが演じている。ジェリー・ルイスはいま大人気のジム・キャリーが影響を受けたコメディアンだ。おかげで満席になったが、ルイスはバーレスク演技のみ光り、作品としては〈珍品〉にとどまった。

7　「バトンズ・オン・ブロードウェイ」

死んだと思われた(と自分で言っている)レッド・バトンズが一夜にして復活したワンマン・ショウ。

ユダヤ芸人としての自分の生いたちを、接した人々(エディ・カンター、ジミー・デュランティ、キャグニー、クロスビー)の想《おも》い出と物真似《ものまね》をまじえて語るスタンダップ・コミック。ピアノ一台で一時間半もたせるバトンズは、七十六歳とは思えない若さだ。

以上、七つの舞台のメモであるが、2、3、4、5、6は観客がスタンディング・オヴェーション。しかし、こんなに有名スターがならんだのは、ぼくにとっても初めてで、記憶に残る六月になった。

72 テロリストと爆破魔

「ダイ・ハード3」をニューヨークの映画館で観《み》た時の第一印象は、(オウム事件ぽい)であった。

巻頭、いきなり、ボンウィット・テラー(高級婦人服専門店)が爆破され、や、や、と思うのだが(これはどうもホンモノのボンウィット・テラーに見える……)、あとは地下鉄、テロリストの群れとくれば、もうオウム事件である。オウムの妖雲《ようらん》ただよう日本からきたツーリストとしては、いやでもそう感じる。

ビルジャック、空港ジャックとつづいた「ダイ・ハード」シリーズの三作目の舞台が船上になることは噂《うわさ》されていた。ところが、スティーヴン・セーガルの「沈黙の戦艦」(九二年)が出たために、プロットを変更せざるを得なくなった。

「ダイ・ハード3」は、ラストに〈船上の戦い〉があるものの、爆破魔(ジェレミー・アイアンズ)との戦い、テロリストの金塊強奪、カーチェイスと、事件がダンゴのようにつながっている。ダンゴの串《くし》になるのは、アル中刑事のマクレーン(ブルース・ウィリ

1995

ス）と、巻き込まれた黒人（人気上昇中のサミュエル・L・ジャクソン）のコンビだが、もう一つの串は、ジェレミー・アイアンズ扮《ふん》する悪役で、なんと（!）、第一作で殺されたテロリスト・ボスの兄だったという、かなり安易な設定である。

映画批評家のレナード・マルティンは、「すべてジョーク、しかし良いジョークだ」とテレビで評したが、ほとんど、コメディと紙一重である。ジェレミー・アイアンズの悪党ぶり（気持よさそうに演じている）がなかったら、バラバラになりそうなプロットだ。

爆破魔が出てくることから、B級アクションの秀作「スピード」（ヤン・デ・ボン監督）とくらべられがちなのだが、これは少々気の毒。アメリカには〈ユナボマー〉という頭の切れる爆破魔がいて、FBIに十七年間も挑戦している。（〈ユナボマー〉のことは「ニューズウィーク」日本版七月十二日号が特集しているが、シニックで自己顕示欲が強いどうしようもない犯罪者だ。）

たしかに、「スピード」のデニス・ホッパーの泥くさい悪党ぶりの方が〈ユナボマー〉的である。

「スピード」について、ぼくなりの感想をいえば、（構成が「駅馬車」に似ている）ということだった。

まずハナシのマクラ（エレベーター事件）があって、本題のバスの暴走になる。ヒーローのキアヌ・リーヴスがバスに乗ると、犯罪者らしいのがいて逆上し、運転手をピストルで撃ってしまう。こういう造りもうまいが、バスの中の人々のキャラクターが一応描けているのがいい。バスのスピードが八十キロを割ると、火薬が爆発するというアイデアは前例があるが、暴走のあと、キアヌ・リーヴスとデニス・ホッパーが地下鉄で対決する。ラストに〈対決〉があるので、「駅馬車」に似て見えるのだ。

Ｂ級アクションは古典的構成をもった方が勝ち、とぼくは思っているが、細部のアイデアもよく、ヒロインのお姐《ねえ》ちゃんサンドラ・ブロックがズバ抜けていい。「スピード」を見ていない方は、レンタルビデオでぜひ。

「スピード」とくらべられて、ジェームズ・キャメロン監督のアクション大作「トゥルーライズ」も損をした。

ラストのテロリストとの戦いの特撮など、キャメロンらしい押しがきいていて良いのだが、超人的情報部員のシュワルツェネッガーが夫人が浮気をしているのではないかとヤキモキする中段で作品のパワーが落ちる。夫人役のジェミー・リー・カーティスの色気がなかったら、話がもたなかっただろう。

ジェミー・リー・カーティスはコメディ・センスが実によく、このところ、出てくると、必ず場面をさらってしまう。

1995

73　野茂はフォレスト・ガンプだ！

六月初めから半ばにかけてニューヨークにいた時、野茂英雄《ひでお》投手はまだウエストコースト、それも一部地区の話題だった。

「やがて、全国区になりますよ」

と野球好きの友人がささやいた。

深夜のジェイ・レノ（コメディアン）の「トゥナイト・ショウ」をみると、ハリウッドからの放送だから、マイク・ピアッツァ捕手がゲストに招かれ、

「NOMOは英語がしゃべれるのか？」

という質問に、

「いや、しゃべれない」

と答えていた。

それから半月ほどで、NOMOは「ニューズウィーク」の表紙になり、特集になり、

オールスターに出場したのはご存じの通り。

全国区である。アメリカの全国区はとんでもなく広い。ニューヨークからロスまで飛べば、六時間。（これは東京〜シンガポールの時間に等しい。）東と西で時差が三時間もあるのだ。

ＮＯＭＯのイメージはアメリカ人好みである。

スズキという悪い監督（スズキという名前はアメリカ人が覚え易《やす》い）が「肩をこわしても投げろ」と命じ、それを逃れてアメリカに来た野球少年、というイメージ。ＮＯＭＯが二十六歳だというのがアメリカ人には信じられない。たしかにベンチにいるＮＯＭＯは〈とほうに暮れた野球少年〉のようである。英語はしゃべれないが、三振をとるのは天才的な少年、または青年。

ぼくたちは、ついこの間、スクリーンでこういう人物を見たはずである。見たどころか、感動さえしたてではないか。

ＩＱが低く、友達に苛《いじ》められるので走り出した。その挙句《あげく》、走ることに喜びを覚え、ひたすら走りつづけた人物。そう、フォレスト・ガンプである。

いま、アメリカのビデオ屋へゆくと、「フォレスト・ガンプ」のビデオが積み上げてある。ポスターにいわく、「ガンプ・イズ・バック！」と。

1995

NOMOはボールを投げるのが快楽であり、「自分のために野球をやるのだ」と公言している。つまりは、〈野球国の住人〉なのである。

そういう人物に対して、日本の低級なジャーナリストは、

「何のために投げるのか？」

と質問し、NOMOを怒らせた。

フォレスト・ガンプに向かって、「何のために走るのか」と訊《き》くのと同じこと、愚問である。

チームのため、とか、金のため、と答えさせようとしたのかも知れないが、日本人でもアメリカ人でもない、〈野球国の住人〉に、こんな質問をしてはいけない。「日本人向けにガッツポーズをしてくれ」と注文して断られた元野球選手も、愚かさは同じである。

そう、世の中には〈楽しいからやる〉人間も存在するのである。

NOMOの名声とはくらべものにならないが、ぼくだって〈七カ月も書斎に閉じこもる〉というヒジョーシキなことをして小説を書き、疲れ、腸を悪くしたりしている。しかし、これ、とても、疲れるけれども、それ以上に〈楽しい〉からやっているのです。つらいだけだったら、誰もやりゃしない。このコラムだって書くのが〈楽しい〉からで……まあ、ものを創《つく》るというのはこんなことなのです。

とにかく、友人とＮＯＭＯの話をしていると盛り上がる。大地震とオウムの年に、（結果として）ＮＯＭＯは日本人を救った。

もちろん、ＮＯＭＯには関係のないことで、彼はひたすらスシを食べ、投げ続ける……。

74　日米映画戦

敗戦の年から五十年というので、いろいろなイヴェントがあるが、中心になる日ひとつをとっても、日本側は八月十五日、アメリカ側は九月二日（日本時間）と食いちがっている。九月二日はミズーリ号の上で日本側が降伏文書に調印した日である。

そういう時期にふさわしい話をしよう。

ドゥーリットル空襲をめぐる日米の映画の差である。

ドゥーリットルの空襲について、ひとことで説明しておくと、これは敗戦の前年秋から始まる〈本格的本土空襲〉ではない。それより二年半まえ、開戦後すぐの一九四二年（昭和十七年）四月十八日に、ドゥーリットル中佐ひきいるノースアメリカンＢ25が実験的に日本本土空襲をこころみた〈通り魔風の奇襲〉である。

東京、横須賀《よこすか》、名古屋、神戸が爆撃され、死者は五十人に及んだ。政府と日本軍は大きなショックを受けた。

この空襲をアメリカ側から描いたのが、MGM映画「東京上空三十秒」(一九四四年)であり、二時間十八分の映画だが、かつて日本では四十分カットされて公開された。空襲を体験した双葉十三郎《じゅうざぶろう》氏は当時、〈縮めてくれたのは幸いだった〉と書いている。公開された版は東京空襲(特撮がアカデミー賞を得ている)までがメインだったらしく、ドゥーリットル隊が中国に不時着して苦労する部分を切ったらしい。日本軍が悪役になっているからだろう。

たしかに長い映画だが、当時を知るためには一見の価値がある。(八月に入って日本でもビデオが発売された。)

同じ空襲を日本側から描くとどうなるか? その答えが、一九四三年四月に封切られた「敵機空襲」(松竹映画)である。

大昔(戦時中)にみているのだが、それきりになり、もう一度みたいと思っていた。敗戦五十周年記念とかで、七月末にビデオが出た。「東京上空三十秒」が作戦とアクションの描写に徹しているのに対し、こちらはホームドラマである。

嬉《うれ》しいことに主演が河村黎吉《れいきち》だ。黒澤明の名作「野良犬《のらいぬ》」のスリ係りの刑事といったら通じるだろうか。出てきただけで、観客がニコニコした名優である。

1995

彼が演じるのは東京荒川の米屋の主人。娘が田中絹代だが、その弟は一年前のドゥーリットル空襲で殺されたという設定である。

米屋に縁談をもってくるのが飯田蝶子《ちょうこ》。その家に下宿しているのが上原謙の技師である。しかも、この技師に好意を抱いているのが美しい盛りの高峰三枝子《みえこ》とくる。軍需工場の一部らしい（？）温室での上原・高峰の淡いラヴ・シーンが良いですなあ。

河村、飯田に加えて坂本武、岡村文子《ふみこ》が町会のメンバーで、防空壕《ごう》を掘ったり、消火訓練をやったりする。このグループと、田中・上原・高峰のかすかな三角関係。そして、町内の〈非国民〉的金持・斎藤達雄と家屋ブローカー・山路義人《よしんど》。この三つの話がからみ合って進行し、本格的空襲がくる。

お断りしておくが、映画の封切は一九四三年四月。東京が本格的に爆撃されるのは一九四四年十一月からである。つまり、この映画は松竹にもあるまじき近未来ものである。近未来ものをホームドラマでやるというのが、いかにも松竹らしい。軍人として笠智衆《りゅうちしゅう》が出てきたりするので、松竹大船調満開である。

いろいろあって、悪いブローカーは改心し、安易なめでたしめでたしで終る。〈空襲ってこんなものか〉と子供心にも不審に思ったものだ。

「東京上空三十秒」の不器用なまでのひたむきな構成・演出にくらべると、〈映画戦〉でも日本は負けていたと実感する。

75 「ブロードウェイと銃弾」とウディ・アレン

現在のアメリカ映画の弱点は、ロマンティック・コメディが作れないことだ。

こうつぶやくと、メグ・ライアンの「恋人たちの予感」や「めぐり逢《あ》えたら」があるじゃないかと言われそうだ。ウォルター・マッソーがアインシュタインになる、やはり、メグ・ライアン主演のコメディもあった。（メグ・ライアンが一手に引き受けているようなのがおかしいが。）

言いなおそう。スクリューボール・コメディが作れない。

スクリューボール・コメディ、ミュージカル、西部劇の三つがあってこそアメリカ映画だと考えているぼくは、なんとも淋《さび》しい。

近年、スクリューボール・コメディを作ろうとする試みはことごとく失敗した。一つには役者がいない。もう一つ、監督もいない。

ウディ・アレンの新作「ブロードウェイと銃弾」（一九九四年）は、アレンには珍しく

1995

ろう。
〈一種のスクリューボール・コメディ〉である。結果としてそうなった、というべきだろう。

今年のアカデミー助演賞を得たダイアン・ウィースト(再起をはかる大女優の役を誇張して演じる)の演技が、完全な〈スクリューボール〉風であり、ことに台詞《せりふ》がすごい。

先ごろ出た『ウディ・オン・アレン』(キネマ旬報社)は珍しくウディ・アレンが自作を語っている本だが、この本を読むと、ウディ・アレンのアメリカ喜劇についての見識が只事《ただごと》でないのが分かる。もちろん、ルビッチやプレストン・スタージェスにもくわしい。ボブ・ホープの影響を受けていることも、はっきり語っている。

だからといって、「マンハッタン殺人ミステリー」(一九九三年)の小成功につづいて、〈スクリューボール・コメディ〉を手がけたわけでもないらしい。〈自分を勘違いしている人間〉という彼のテーマを発展させたというべきだろう。

「ブロードウェイと銃弾」は実によくできたコメディである。

若干の才能がある若い劇作家の芝居がブロードウェイで上演されることになる。問題は資金がギャングから出ていることで、親分の情婦に役をあたえなければならない。(こういう設定は前例がある。)えばる大女優(ダイアン・ウィースト)や、やたらに甘い物を食べて肥《ふと》る二枚目などは、舞台経験のあるウディ・アレンにとってわりに創《つく》り易《やす》かった人物だろう。

面白いのはギャングの情婦についてくる用心棒のチーチ（チャズ・パルミンテリ）のキャラクターで、これがなんともはや〈スクリューボール〉なのである。

劇作家（ジョン・キューザックが扮《ふん》する／アレンが若ければ自分で演じたはずの役だ）の台本の弱い部分をチーチが次々に指摘し、とうとう〈おれの芝居〉とまで言い出す。チャズ・パルミンテリはイタリア系の役者で戯曲が書けるというとんでもない人物で、こういう才人が出てくるのがアメリカの強みだ。〈芝居がわかる用心棒〉という異常なキャラクターは、往年のピーター・フォーク、今のジョー・ペシをもってしても、こうはいかなかったろう。

劇作家は自分を天才と勘違いしているので、台本の欠点を指摘されて、うろたえる。ジョン・キューザックがうまくないので、そのおかしさが爆発せず、チャズ・パルミンテリのみが点を稼いでしまう。

ウディ・アレンのコメディはアイデアが拡散しているのが多いのだが、「ハンナとその姉妹」（一九八六年）いらいの、これは佳作である。

ウェルメイドなコメディとして、くすくす笑って見ればよい。

もうすぐ六十になるアレン自身が、みずから出ようとしなかったのも成功の一因だ。そこらの計算はしっかりしている。

1995

76　ボブ・ホープとウディ・アレン

前章では、ウディ・アレンについて書いたが、〈ボブ・ホープの影響を受けている〉という一行だけではわかりにくかったかも知れないと考えた。

九十歳をすぎた国民的コメディアン＝ボブ・ホープと〈インテリのペット〉＝ウディ・アレンとはどういう関係があるのか？

ロング・インタビュー『ウディ・オン・アレン』の中で、アレンはこの点をはっきり説明している。

まず、テレビに出るようになってからのボブ・ホープを批判しても仕方がない、とアレンは釘《くぎ》をさす。

アレンがすばらしいと言っているのは、一九四一年から五三年にかけて〈アメリカのマネーメーキング・スター〉だったころのボブ・ホープである。アレンが尊敬するグルーチョ・マルクスより面白いと思うことさえある、とまで言う。

とくに面白いといっているのは、ボブ・ホープの「吾輩《わがはい》は名剣士」（一九四六年）である。そこで、ぼくはスーパーなしのビデオを取り寄せて、見ることにした。この映画、なんと、四十七年ぶりである。

舞台はフランスの王朝。ボブ・ホープはそこの理髪師である。豪華なセットにまず驚かされるが、思えば「姫君と海賊」にしろ「腰抜け二挺拳銃《にちょうけんじゅう》」にしろ、大時代なセット、アナクロな人物たちの間を、現代的なボブが逃げまわるから面白かったのだ。逃げながらもすごいスピードで動きつづける舌——あれこそ〈スタンダップ・コミック〉の芸だったのである。（当時は〈スタンダップ・コミック〉なんてコトバを知らなかった。）

「吾輩は名剣士」のボブ・ホープは首を吊《つ》る寸前の形で登場する。「愛と死」（一九七五年）の発端のウディ・アレンにそっくりである。アメリカの批評家レナード・マルティンは、「愛と死」の臆病《おくびょう》なウディ・アレンは「吾輩は名剣士」のリメイクのようだ、とまで極言している。

なるほど、臆病者（ボブ・ホープの映画は日本では〈腰抜け〉と呼ばれた）が絶体絶命のピンチに立たされて、なおも、へらず口を叩《たた》くというスタイルでは、ボブとウディはそっくりである。（二人とも〈スタンダップ・コミック〉の出身だから、こういう部分が面白い。）

ピンチの中にあって、ボブの理髪師は相手に、「あなたのベッドに朝食を持ってまいります。背中もかきます」と早口で言う。これもフツウではない。少年時代のウディ・

アレンがあこがれたのはこういう芸風であったのか、と納得できた。

グルーチョ・マルクス、ボブ・ホープ、ウディ・アレンに共通するのは、スクリーンから直接的に観客に話しかけるスタイルである。（このスタイルは、ボブ・ホープ経由で、初期の森繁久彌《もりしげひさや》に伝わった。）

プロット（筋）から抜け出してしまうボブのこのスタイルは、〈アウトサイド・ザ・プロット〉と呼ばれることを、今度初めて知った。

その極限は、ボブがにせのカザノヴァになる「豪傑カザノヴァ」（一九五四年）のエンディングである。

にせカザノヴァが殺されそうになるシーンがストップモーションになり、ボブの声がきこえる。――これでは面白くない。ロバート・″オーソン・ウェルズ″・ホープ氏の新演出をお目にかけます。

にせカザノヴァは超人的パワーで悪人どもをやっつけてしまい、キャメラに向かって、

「この新演出の方が良いと思う方はポップコーンを上げてください」

そして、じっとキャメラ（観客）を見て、悪い目つきになり、軽蔑《けいべつ》したように、

「この劇場、ポップコーンを売っていないのかい？……」

77　もう一度「マディソン郡の橋」を観《み》て

ぼくが高校生のころ、ヴィヴィアン・リーの「哀愁」という映画が封切られた。今でこそ、〈古典〉になっているが、当時は〈甘いメロドラマ〉として、さんざんケナされた。

その時、映画評論家の南部圭之助《けいのすけ》氏（故人）が書いた文章を覚えている。

「甘いというが、人工甘味料と白砂糖とはちがう。この映画の甘さは白砂糖だ」

砂糖が貴重だった時代ということを考えなければならないのだが。

「マディソン郡の橋」が日本で公開されると、ケチをつける〈業界人〉がいるのに驚いた。

この映画は、すでに述べた通り、とても甘いメロドラマが原作である。が、原作がきらい（ぼくもその一人）だからといって、映画まできらうのはおかしい。すぐれた脚色と監督を認めないことになるからだ。メリル・ストリープがきらい（ぼくもその一人だ、

1995

った）だからというようなことは文章にすべきではない。このスターはきらい、というようなことは喫茶店での会話にとどめるべきだ。

ところで、スーパー入りの「マディソン郡の橋」を新宿のミラノ座に見に行ったのだが、画面が暗いので弱った。

まず、イーストウッドと出逢《であ》う時のメリル・ストリープの表情がよく見えない。明るい野外でさえそうである。

これは映写機の光源が弱いせいらしい。ニューヨークで見た時とのあまりの差にマイってしまった。

この映画の日本語の批評は中日新聞にぼくが書いたの（コラム70）が最初である。（あの時点では、ワーナーの日本支社にフィルムがきていなかった。）で、改めて読みかえしてみたが、べつに間違ってはいなかった。台詞《せりふ》がわからないために、細部が理解できなかっただけである。

ただ、メロドラマというもの（「哀愁」や「終着駅」もそうだが）には限界がある。ヒロインが男を心の中で一生愛しつづけ、夫とも離れないという設定にムリがあるのは確かだ。現実にはそうかも知れないが、すべての観客の心をつかむのはむずかしい。

（それでも、新宿でさえ、ぼくの横の若い女の子たちは泣いていた。）

すぐれた脚本をもってしても、そのムリはカヴァーできない。カヴァーするのは演出と役者の演技力である。

イーストウッドとメリル・ストリープが抱き合う——そこにいたるまでに、現実ではカタッと時間が飛んでしまうような瞬間があるはずだが、監督（イーストウッド）はその〈瞬間〉をみごとに創造している。

また、男が車で立ち去ったあと、ヒロインの家族が帰ってくる。その〈日常の復活〉に、ヒロインが画面右半分の壁にもたれかかる演出があるが、この〈絶望〉の表現もすばらしい。

有名な〈雨の中の別れ〉では、ずぶ濡《ぬ》れのイーストウッドが立ちつくすショットがまずすばらしい。このあとのメリル・ストリープの演技がみものなのだが、イーストウッドの控え目な演技も賞賛されてしかるべきではないか。

クリント・イーストウッドの監督第一作「恐怖のメロディ」がすぐれたスリラーであるのは、今では反対するものがないだろう。

映画「マディソン郡の橋」の独創は、はじめの母親の遺言の謎《なぞ》に始まって、サスペンス映画のタッチを恋愛映画に持ち込んだことである。ローズマン橋での男女のとらえ方にしても、キャメラの動きはサスペンスフルである。二度目に見て感心したのはその事

1995

であった。

「ニューヨーク・タイムズ」のいうように〈傑作ではない〉が、秀作――やはり、そう思った。

78 志ん朝の三夜連続

〈野球（日本）〉と〈ベースボール（アメリカ）〉はどこがちがうか、という質問に、ドジャースの野茂投手は「観客がちがう」と答えていた。

ミュージカルをそのまま（外人キャストのまま）、日本につれてきても、あのわくわくするような雰囲気が出ないのは、まさに〈観客がちがう〉からである。

古今亭志ん朝が東京で独演会をやらないのはお客が固定してしまうからだと、噂《うわさ》できいた。（本当かどうかは知りませんよ。）志ん朝さんの場合、〈志ん朝おたく〉というような人たちがいて、独演会を占拠してしまう。それだけならまだしも、ぼくが感想文の一つも書こうものなら、全部見ていない（聞いていない）おまえが志ん朝を云々《うんぬん》するのはけしからん、といったオドカシの手紙がくる。〈おたく〉というのはそういうものなのだが、気分が良くはない。

ここ数年、名古屋で志ん朝さんが独演会をつづけているのは賢明である。東京でも大

1995

阪でもなく、名古屋で三夜連続というのがいい。

中日新聞の人に誘われながら行かれなかったのは、仕事があったり、結婚式(ぼくのではない)があったりしたからで、……しかし、考えてみると、ぼくもこのコラムを中日新聞だけに書いているので、〈気が合う人としか仕事をしない〉のは、古い東京っ子の気質なのかも知れない。

で、まあ、今年、初めてのぞかせて頂いたのだが、大須《おおす》演芸場という小屋、イレモノがヨイのですね、まず。靴を脱いで二階へ上るなんて、何十年ぶりという気がする。

そして——。

〈観客がちがう〉。善男善女。ノートをとったりするイナカモノはいない。心から落語を楽しむ人たちだけである。(なんたって、この演芸場の社長はアトランタ五輪のTシャツを着てお客に挨拶《あいさつ》をしているのだ。)

これは明らかに〈ホール落語〉の雰囲気ではない。昭和三十年代、志ん生、文楽、三木助が元気だったころの寄席《よせ》の、ほのぼのとした空気がかもし出されている。

志ん朝さんもくつろいでいるように見えた。どうも歯が悪くなって、といった身辺のぼやきで笑いを誘う。CD用の録音の一つもとろうといった雰囲気ではこうはいかない。

かつては栄えたが、今では浅草六区みたいに寂《さび》れた土地の演芸場にふさわしく、なんとも粋《いき》なものである。

演目を記しておく。

十月二十日　「小言幸兵衛《こうべえ》」
「宗珉《そうみん》の滝」

十月二十一日　「替り目」
「化物使い」
「火焔《かえん》太鼓」

十月二十二日　「締め込み」
「柳田格之進《かくのしん》」

この中で「宗珉の滝」という噺《はなし》はまったく知らなかった。志ん生が講談をやっていたころに仕込んだものと説明されたが、職人が名人に開眼するまでの話である。

「ふつうの独演会ではやれないから」と断りが入って始まったのが「柳田格之進」。ぼくなどがいうまでもなく、志ん生の十八番である。

五十分に及ぶ、かつては講談であ、、、ったであろうところのこの噺が、とても面白かった。終りの方で、番頭が湯島で柳田格之進に出会う。その時の柳田の衣服の描写が見事で、ぼくは着物のことはまるでわからないのだが、なるほど、と思わず感心するようなこま

1995

かい描写である。

噺のマクラで昔の女は忍耐強かったという売りがあるのだが、そこで例に出された志ん生夫人の二度の怒りというのが、ぼくにはやたらにおかしかった。

79 伊東四朗・小松政夫の〈なんでもあり〉の世界

新宿御苑《ぎょえん》に近い小劇場、シアターサンモールで「エニシング・ゴーズ」を観《み》た。

といっても、有名なミュージカル「エニシング・ゴーズ」（「なんでもあり」）ではない。伊東四朗・小松政夫の二人だけの芝居（もしくはショウ）である。小劇場での芝居から遠ざかって久しいが、これだけは観ておきたかったのである。

こちらの「エニシング・ゴーズ」は〈コントによる戦後史〉といってよかろう。〈笑いによる昭和史〉は、ここ二十年以上、小劇場演劇がくりかえしたテーマで、成功したケースはめったにない。

そこで、この舞台では、伊東四朗と小松政夫という一九七〇年代のテレビの黄金コンビを中心に置いた。あとはピアニスト一人で、コール・ポーターの「エニシング・ゴーズ」を演奏する。

この形式は、近年のブロードウェイ・ミュージカルに親しんでいる者にとっては、ふ

1995

つうのものである。〈なんでもあり〉は、戦後史が〈なんでもありの時代だった〉という意味と、内容が歌ありコントありという意味をかけてあると思う。

かつて伊東四朗のコントを書く作者陣の一人だったぼくに言わせれば、この台本はかなり弱い。戦後にはトッピな商売が沢山あったし、もっと〈なんでもあり〉の時代だった。また、初めの方の〈無人島コント〉にしても、いま一つ物足りない。次々につづくコントも、設定が平凡だ。

そういった弱さをカヴァーしたのが、伊東・小松コンビの熱演だったと思う。

小松の淀川長治《よどがわながはる》の物真似《ものまね》で始まり、たちまち伊東がつっこみを入れるオープニングはけんらんたるもので、一瞬のうちに往年の名コンビが現代でも名コンビであるのを証明してみせる。

いつも思うのだが、伊東四朗という役者の中にある、というのか、彼を突き動かしているものは何なのだろうか？　今ではやっていないが奇々怪々な〈白子のり〉のCM、そしておなじみ〈ヤクルト・タフマン〉のCM――アレは何だろう？　プランはCM作者が考えたとしても、ふつう、演じるのをためらうのではないか？

その一方で、ハリソン・フォードといっしょに（といっても別撮りなのだが）、ごくふつうのCMにも出ている。〈仕事〉といってしまえばそれまでだが、やはり、尋常ではない〈なにか〉を感じてしまう。

世間のイメージでいえば、彼は〈もっとも信頼できる演技者〉であり、NHKでスペシャル番組を作る時には〈古いことも知っているもっとも信頼できる司会者〉に変身する。〈かつては笑いが得意だったが今は父親や部長の役が似合う役者〉といえるかも知れない。


伊東四朗の中の奇怪な〈なにか〉が炸裂《さくれつ》するのは、小松政夫を相手にしたコントの時だとぼくはかねがね思っていた。

これはもう、良識のカケラもない。コントというのはもう少し〈予定調和〉の世界であろう。なにしろ、コントが始まる前に、「とりあえず……」と、小松の頭を叩《たた》くのだから凄《すご》い。

今度の舞台でいえば、そうした部分はもとよりおかしいが、二人が老人ホームに入った終幕で、白髪の伊東が森繁久彌《もりしげひさや》の声色で「知床《しれとこ》旅情」をうたい、少し間があって、白髪の小松も森繁節で「知床旅情」を口ずさむギャグが、たまらなくおかしかった。こうした〈瞬間〉は、もう舞台でもテレビでも、あたえられることがない。

二人の芸に関する限り、ぼくはこのショウに満足した。もちろん、もう一度、舞台で伊東四朗がふりまく笑いに接したいと願っている。

1995

80 わがフィルモグラフィ

「あの人はあれだけ映画がわかっているのに、自作の映画化には口を出さないのだろうか。それとも、自分の原作物となると、点が甘くなるのだろうか」

と陰口を言った人がいるそうだ。

〈あの人〉というのはぼくであり、意見を述べたのは映画評論家と自称しているタレントである。

ぼくは苦笑せざるを得なかった。日本映画の黄金時代なら別だが、いまどき、原作者なんてなんの力もないのを知らないのだろうか。求められれば協力するが、ふつうは原作使用のOKを出したら、あとは沈黙していないと無用の混乱がおこる。じっと我慢していなければならない。

ここで、ぼくなりのフィルモグラフィを記しておく。

〈原作もの〉

「九ちゃんのでっかい夢」（一九六七年・松竹　脚本・監督　山田洋次）

わけがあって原作者名は〈三木洋《ひろし》〉となっている。初めから山田洋次監督が撮ると決まっていれば、ぼくは名前を出したのに。

「唐獅子《からじし》株式会社」（一九八三年・東映　脚本・内藤誠、桂《かつら》千穂　監督・曽根中生《そねちゆうせい》）

「紳士同盟」（一九八六年・東映　脚本・丸山昇一　監督・那須《なす》博之《ひろゆき》）

「悲しい色やねん」（一九八八年・東映　脚本・監督　森田芳光《よしみつ》）

〈脚本〉

「進め！ジャガーズ　敵前上陸」（一九六八年・松竹　前田陽一との共同脚本　監督・前田陽一）

〈ギャグ監修〉

「長靴をはいた猫」（一九六九年・東映動画＝東映　脚本・井上ひさし、山元護久《もりひさ》　演出・矢吹公郎《きみろう》）

〈ギャグ監修〉とは大げさで、覚えているのはエンド・クレジットのところで猫が地球のまわりを逃げまわるギャグを作ったこと。

1995

〈ギャグの手伝い＝ノンクレジット〉

「大冒険」（一九六五年・東宝）

「クレージー大作戦」（一九六六年・東宝）

どちらもプロデューサーまたは監督にたのまれての仕事。ギャラは貰《もら》うが、名前はクレジットされない。後者ではいささかお役に立てたと思う。

ほかにも、義理やらなにやらで、只《ただ》の仕事を手伝ったのがあるが、クレイジー・キャッツ関係はきちんとお金をくれた。

一九六〇年代後半に集中しているのは、ぼくが「九ちゃん！」と「植木等ショー」の台本を書いていた（厳密にいえば複数の作者の一人）からである。

坂本九に映画の話がくれば、ぼくが短篇「消えた動機」を提出して、「九ちゃんのでっかい夢」になる。クレイジー・キャッツ関係は藤本真澄プロデューサーに頼まれた。一時、ぼくにはマネージャーがついていて、きわめて有能。ぼくが頭を悩ませる必要はなかった。

なにしろ、企画があいまいになっても、仕事をした分のギャラはきちっと取ってくるマネージャーで、名前は伏せるが高名な監督の仕事もあった。

映画のすべてを自分の思う通りにしようとすれば、自分で脚本を書き、あるいは監督までやるしかない。
ぼくが三十代だったら監督をするかも知れないが、もはや無理。今の日本映画界では、打ち合せの段階で、あなたは倒れるだろうと、あるプロデューサーに言われた。

1995

あとがき

〈はじめに〉の文章を、まず、補足します。

厳密にいえば、中日新聞にのったのは七十九で、ラストの「わがフィルモグラフィ」はこの本のために書きました。こういうものを明らかにしておく必要があると考えたからです。

これらのコラムを書いている間の最大の変化は、セルスルー・ビデオ（売るビデオ）の普及でしょう。

アメリカ映画のヒット作が、公開後半年ぐらいで、二千円台のビデオとして大量発売されるようになりました。ヒットした映画（ブロックバスターといいますが）は、ビデオになってもブロックバスターであり、派手な広告で発売されます。

一方、アメリカ映画史上のクラシック（名作）も安いビデオで出ることが多くなったので、このコラムでは、なるべく、そういうものをとり上げるようにしました。

ＡＦＩ功労賞をイーストウッドに出せ、と書いておりますが、新聞によれば今年（一九九六年）は本当にイーストウッドになるようですね。

こうしたコラムを発表しつづけられることに関しては、中日新聞に感謝いたします。とくに担当の田端成治さんがいなければ、これは成立しない企画でした。（また、この本の前身にあたる「コラムにご用心」がちくま文庫で入手できることも書きそえておきます。）

「コラムにご用心」につづいて装幀《そうてい》・挿画を引き受けてくださった映画マニア・和田誠氏にも感謝するしだいです。

（一九九六年二月）

後記――中日新聞社の田端成治さんは一九九八年初夏に亡くなりました。

（一九九九年十一月）

主要作品名インデックス

（原則として本文各章の初出頁のみを挙げています
無印＝映画、☆＝テレビ、★＝舞台、＊＝ラジオ）

あ

い

く

け

こ

さ

し

す

せ

そ

た

ち

つ

て

と

な

め

も

や

ゆ

よ

ら

り

る

れ

ろ

わ

凜然たる〈批評〉

中条省平

小林信彦の批評は氷山の一角である。

ふと洩《も》らされた感想のように見えても、その下には、表にあらわれない巨大な知識と体験が隠されている。小林氏の言葉をなにげなく読みすごした読者は、後になってこの氷山の本当の大きさに気づき、恐ろしくなる。

だが、実はそのことについて、小林氏自身が『和菓子屋の息子』のなかですでに語っているのである（こういうところが小林信彦について語ることを厄介にしている。というのも、作者の洞察力は作者自身にまでおよんでいるからだ）。

『和菓子屋の息子』は、副題に「ある自伝的試み」とあるように、昭和初期から太平洋戦争前後にいたる、幼少年期の作者の体験を核にした長篇エッセーである。だが、この本の勘所は、東京の〈戦前の下町〉の実像を浮き彫りにしているところにある。

その「下町人気質について」という一章で、小林氏は、「ぼくの父親を通して見た下町の人間の特徴」をあげている。これがまた見事な小林信彦論になっていて驚いてしまう。こうしたところが、さきに述べた「小林信彦について語ることの厄介さ」の一例である。簡潔な箇条書きになっているので、全部で六項目のその特徴を引用しておこう。

1　謙虚さとその裏側にある自負。
2　言葉の面白さ。
3　シャイネス、消極的、または弱気。
4　痩《や》せ我慢をする。
5　美的生活者。
6　説明しない〈批評〉。

どの項目も深く納得できる特徴で、これ以上くわしく知りたい方はただちに『和菓子屋の息子』を読んでいただきたいが（新潮文庫版ならちょうど一〇〇ページのところ）、差し当たって注目してほしいのは、「説明しない〈批評〉」という最後の特徴である。これこそ、小林信彦の〈批評〉がつねに氷山の一角であることの理由だからだ。

もちろん、「説明しない〈批評〉」はただの印象批評ではない。「面白い」「面白くない」をいうことはどんな素人《しろうと》にもできる。だが、肝腎《かんじん》なのは、最小限の言葉で批評の根拠を具体的に説明しきることなのである。だから、厳密にいえば「説明しない」ではなく、「説明しすぎない」ということになるのだが、それはともかく、小林信彦の批評には野暮な説明臭さがまったくない（あとで引用するように、作者は『コラムの冒険』を一般読者のために「説明的にするべく」心がけたというのだが、にもかかわらず、説明臭い野暮ったさはいささかも感じられず、小林氏の筆は終始スマートに流れてゆく）。

この「説明しない〈批評〉」の切れ味とすごみが最高度に発揮されているのが、本書『コラムの冒険』など、「エンタテインメント時評」の副題をもつ「コラム」シリーズなのである。

一回のコラムの字数は、四百字詰め原稿用紙にしてわずか四枚。したがって、余計なことを説明していたら、あっという間に枚数が尽きて尻切れとんぼになってしまう。だからといって、情報や分析をぎちぎちに詰めこんだら、コラムという名にふさわしい楽しい読み物ではなくなってしまう。この難しいバランスを曲芸のように巧みに取りながら、読者には難しさを毛ほども感じさせない。これぞ「説明しない〈批評〉」の醍醐《だいご》味である。

この批評の根もとにはいうまでもなく、長い時間と大きな元手をかけて練りあげた凜然《りんぜん》たる美学がある。だが、それより重要に思われるのは、小林氏の批評が、個人的な美学の表れである以上に、社会的な歴史意識の結実だという事実である。この点が、ただのマニアやおたくの感想と小林信彦の〈批評〉を決定的に分かつ深い淵《ふち》なのだ。そのことは、『コラムの冒険』の冒頭に置かれた「はじめに」という文章のなかで、軽やかに、しかし確かな自信をこめて、こう語られている。

「新聞に書いたものではありますが（ですから説明的にするべく心がけましたが）、そのわりに、マニアックというのでしょうか、かなり調べて、たとえばの話ですが、映画のコメディとはなにか――だけではなく、その歴史にも読者の目が届くように配慮いたしました」

小林信彦の映画論の要《かなめ》は、日本だったら黒澤明、ハリウッドだったらビリー・ワイルダーをどう評価するかに掛かっているという趣きがあるのだが、その黒澤明の「用心棒」をめぐって、「桑畑三十郎の一閃《いっせん》は、日活アクション映画と東映時代劇・東映アクション映画を斬《き》ってすてる形となった」と論じる本書の「『用心棒』と日本映画史」というコラムなど、大げさにいえば、アメリカの大学だったらひとつの学位論文になりうる内容でありながら、わずか四枚にまとめられている。これが「説明しない〈批評〉」の真髄である。と同時に、たった一本の映画について語りながら、けっしておろそかにされることのない小林信彦の「歴史意識」の鋭敏さなのである。

この歴史意識のあまりの鋭敏さは、持ち主に不幸をもたらすかもしれない。だが、ヘーゲルもいうように、歴史という巨大な現象の前では、個人の幸不幸はもちろんのこと、たかが一民族、一文明(!)の幸や不幸は問題にならない。小林氏が、「そもそも映画評論家そのものが五人くらいしかいない」「まあ、スピルバーグとかゴジラといったお子様ランチが向いている」「こういう非文化国家、文化的発展途上国」にいる不幸を噛《か》みしめつつも、冷静な発言をつづけることができるのは、遠く広い歴史の視点が身についているからだ。

その歴史意識にもとづいて見るとき、現在のエンタテインメント情勢は、かなり惨澹《さんたん》たる様相を呈している。「大阪の〈地方から出てきた勤労大衆〉向けの」「〈幼児性むき出し、甘え、ちょっとした機転、それだけの世界〉である〈吉本笑法〉」が舞台とテレビを席捲《せっけん》し、下町の「美的生活者」にとって大切な場所だったはずの落語の会場で、「イナカモノ」がノートをとっていたりする。

いきおい『コラムの冒険』には、「最後の」という表現が散見され、訃報《ふほう》へのコメントがふえてゆくことになる。

いわく、〈最後の西部劇〉、『許されざる者』。〈最後の喜劇人〉、伊東四朗。

伊東四朗が小松政夫といっしょに演じるコントを称《たた》えたコラムには、こんな一節が見られる。

「二人が老人ホームに入った終幕で、白髪の伊東が森繁久彌の声色で『知床旅情《しれとこ》』をうたい、少し間があって、白髪の小松も森繁節で『知床旅情』を口ずさむギャグが、たまらなくおかしかった。こうした〈瞬間〉は、もう舞台でもテレビでも、あたえられることがない」

純粋な笑いの喜びが、一転して、身を切るような断念に転じるところに、小林信彦の批評の凄《すご》み、すなわち、氷山のように隠れた部分の深さが、一瞬、かいま見える。

一方、追悼文は、服部良一、藤山一郎、ハナ肇《はじめ》、益田《ますだ》喜頓《きいとん》、香川登枝緒《としお》、金子信雄に捧《ささ》げられている。また、フランク・シナトラを論じた文章は、シナトラの引退声明に際して書かれたコラムだが、これも事実上の追悼文といえるだろう。

さらに、アメリカン・フィルム・インスティチュートの功労賞パーティを記録したレーザーディスクの見どころを楽しく伝えながらも、この賞を受けた「七人のうち、ジェームズ・スチュアートをのぞく六人が故人になっている」こと、「パーティにあつまる往年のスターたちも故人になった人が多い」ことをけっして見逃さない。

追悼文は多くの場合、死者に向けた無条件の讃美という紋切型におちいりがちだが、小林氏の文章は、故人の業績にたいする尊敬の念を湛《たた》えながらも、あくまでも冷徹な歴史意識に照らして、客観的な評価を忘れない。

そして、藤山一郎が心を開かない優等生だったことの不自由さに、森繁久彌の言葉を通じてさらりと触れ、香川登枝緒が年齢を七歳も多くサバを読んでいた悲喜劇をちくりと刺し、金子信雄が心ならずも悪役として名を残したいきさつを、日活と東映の歴史的な転変のなかであきらかにする。形式的な追悼文ではない。故人の仕事と人柄の、光と影がおのずから浮かびあがるような、ドラマティックな読み物になっているのだ。

作者自身の日常生活についても、

「目が疲れるので、テレビよりもラジオが好きだ、ということは、三年前にこのコラムに書いた。／このところ、体調のせいで、ベッドにいることが多く、ついラジオをきく。本当はきかない方がよいのだが」

と、「弱気」な言葉が書かれていて、読者ははらはらしてしまうのだが、この「弱気」の裏側には「自負」がある。ほとんどニヒリズムと見紛《みまご》うばかりの、諦念《ていねん》すれすれの自負がある。

だから日本の社会とエンタテインメント全般を覆《おお》いつくす不況にたいしても、

「不況と一口にいうが、バブルがはじけて元にもどっただけである」

と、しごく冷静に、目が覚めるような認識を披露するのが、小林信彦の歴史意識の強靱《きょうじん》さでもあるのだ。

だが、一方では、この冷静さをかなぐり捨てて熱狂する小林信彦も『コラムの冒険』の随所に現れて、読者を興奮に誘う。

野茂投手に「何のために投げるのか？」という愚問を発したジャーナリストを批判しながら、小林氏は、

「そう、世の中には〈楽しいからやる〉人間も存在するのである。／NOMOの名声とはくらべものにならないが、ぼくだって〈七カ月も書斎に閉じこもる〉というヒジョーシキなことをして小説を書き、疲れ、腸を悪くしたりしている。しかし、これ、とても、疲れるけれども、それ以上に〈楽しい〉からやっているのです。つらいだけだったら、誰もやりゃしない。このコラムだって書くのが〈楽しい〉からで……まあ、ものを創《つく》るというのはこんなことなのです」

と、下町人気質のいつもの「シャイネス」と「瘦せ我慢」をのりこえて率直な発言をしている。

この言葉が「大地震とオウムの年」に、エンタテインメントをめぐる時評コラムのなかで書きつけられたことの意味はきわめて重い。

繰り返し繰り返し読めるコラムなど滅多にあるものではないが、小林信彦の「コラム」シリーズは熟読玩味《がんみ》に耐える内容にみちている。しかも、生きた時代の記録として、時間が

経てば経つほど、その歴史的価値は増してゆくにちがいない。稀有《けう》のドキュメントなのである。

(平成十一年十月、フランス文学者)

本書の単行本は平成八年三月新潮社より刊行された。

小林信彦著　**唐獅子株式会社**

任俠道からシティ・ヤクザに変身！ 大親分の指令のもとに背なの唐獅子もびっくりの改革が始まった！ ギャグとパロディの狂宴。

小林信彦著　**日本の喜劇人**　芸術選奨受賞

エノケン、ロッパから萩本欽一、たけしまでの喜劇人たちの素顔を具体的な記述の積み重ねで鮮やかに描きだす喜劇人の昭和史。

小林信彦著　**ちはやふる奥の細道**

〝俳聖〟芭蕉をアメリカ人の眼でみれば……。カルチャー・ギャップから生れる誤解を、過激な笑いに転じて描くギャグによる叙事詩。

小林信彦著　**ぼくたちの好きな戦争**

たのしい戦争、ゆかいな戦争、一度やったらやめられない——。あらゆる手法を駆使し、笑いと仕掛けで構築したポップ戦争巨編。

小林信彦著　**イエスタデイ・ワンス・モア**

ぼくは30年前の東京に迷いこんでしまった!? 見知らぬ、でも懐かしい街と人々……。過去と現在の衝突が生む愛と冒険のファンタジー。

小林信彦著　**イエスタデイ・ワンス・モア Part 2**　ミート・ザ・ビートルズ

30年前の東京に迷いこんだ現代の青年が、ビートルズ来日の1966年に再びタイムトリップした!? 熱気と興奮のあの夏の冒険物語。

小林信彦著

喜劇人に花束を

植木等、藤山寛美、伊東四朗。戦後を代表する喜劇人三人の素顔と芸の本質。本物の笑いを愛する人に贈る「日本の喜劇人」列伝編。

小林信彦著

怪物がめざめる夜

男女四人の夢を託した架空のコラムニストが、メディアに乗って〈現代の怪物〉に育つとは!? 情報化社会にひそむ恐怖を描く都市伝説。

小林信彦著

日本人は笑わない

近頃の日本人、どこかおかしくないですか? バブル後の東京、人物評、書評など多彩なテーマを通して日本人の本質を語るエッセイ集。

小林信彦著

ムーン・リヴァーの向こう側

男は39歳、性の悩みあり。女は27歳、言動不可解。瀕死の巨大都市〈東京〉の光と影に彩られて、物哀しくもユーモラスな恋が始まる。

小林信彦著

和菓子屋の息子
―ある自伝的試み―

東京大空襲で消滅した下町、商家の暮しぶりを、老舗の十代目になる筈だった男がここに再現。ようこそ、幻の昭和モダニズム界隈へ。

筒井康隆著

着想の技術

現実世界から全く独立した超虚構文学の確立を過激に追究してきた著者が、自らの頭脳の中身を巨細に解剖してみせた発想学の大系。

色川武大著　引越貧乏

どうせなら、遊び人らしく野垂れ死をしたい。予感するように死を意識した日々の心情を綴って、著者独自の境地を伝える遺作短編集。

新井素子著　くますけと一緒に

両親を亡くした成美が頼れるのは、ぬいぐるみのくますけだけ……。閉ざされた少女の心をモダン・ホラーの手法で描いた異色の長編。

吉川潮著　江戸前の男
―春風亭柳朝一代記―

気っ風が良くて喧嘩っ早い、女と博打には目がなくて、そのうえ野暮が大嫌い。粋をつらぬきとおした落語家のハチャメチャな人生。

宮部みゆき著　龍は眠る
日本推理作家協会賞受賞

雑誌記者の高坂は嵐の晩に、超常能力者と名乗る少年、慎司と出会った。それが全ての始まりだったのだ。やがて高坂の周囲に……。

芥川龍之介著　河童・或阿呆《あるあほう》の一生

珍妙な河童社会を通して自身の問題を切実にさらした「河童」、自らの芸術と生涯を凝縮した「或阿呆の一生」等、最晩年の傑作6編。

安部公房著　笑う月

思考の飛躍は、夢の周辺で行われる。快くも恐怖に満ちた夢を生け捕りにし、安部文学成立の秘密を垣間見せる夢のスナップ17編。

池波正太郎著　フランス映画旅行

50年間映画で見つづけてきた地を初めて訪れた感動を、名優ジャン・ギャバンの思い出とからめ、自筆の絵・写真とともに語り下ろす。

遠藤周作著　ボクは好奇心のかたまり

美人女優に面談を強要する、幽霊屋敷の探険に行く、素人劇団を作る、催眠術を見物に行く。物好き精神を発揮して狐狸庵先生東奔西走。

開高健著　地球はグラスのふちを回る

酒・食・釣・旅。——無類に豊饒で、限りなく奥深い〈快楽〉の世界。長年にわたる飽くなき探求から生まれた極上のエッセイ29編。

北杜夫著　マンボウ氏の暴言とたわごと

時に憤怒の発作に襲われるマンボウ氏。ウヌッ、許せない！　世界の動きから身辺のあれこれまで、ホンネとユーモアで綴るエッセイ。

黒柳徹子著　トットチャンネル

絵本が上手に読めるお母さんになりたくて、草創期のテレビの世界に飛び込んだトットちゃん。ひたむきな青春を描く感動の自伝。

幸田文著　動物のぞき

ゴリラ君の戸惑い。禿げ鷹氏の孤高。猛々しくも親愛なる熊さん。野を去った動物、ヒトの哀歓……。これぞ幸田流、動物園探訪の記。

千葉敦子著
ちょっとおかしいぞ、日本人
外国人が不思議がる日本人のあんなクセ、こんなクセ……一体なぜ？　日本人の趣味趣向や美意識を鋭く映し出す辛口エッセイ43編。

筒井康隆著
やつあたり文化論
客をこけにして笑いを強いる落語家に怒り、国民的ムードばかり気にする政治家を怒って大日本悪人党を待望する。痛快エッセイ集。

つげ義春著
新版　つげ義春とぼく
鄙びた温泉宿を訪ね歩く場末感漂う「旅日記」。奇妙な夢を採取した「夢日記」等のエッセイで読む、「私」をめぐる「つげ式」世界。

辻　仁成著
音楽が終わった夜に
みんな、革ジャンの下は素肌で生きていた。ロックの輝きに無垢な魂を燃やして……。情熱の日々を等身大に活写する自伝的エッセイ。

藤堂志津子著
男の勘ちがい
女の夢ちがい
人気の恋愛小説作家である著者が、男と女の微妙でミステリアスな心の内を、裏の裏まで徹底解剖。ちょっぴり辛口のエッセイ集。

中野　翠著
ウテナさん　祝電です
うっとうしい「世間」でも「私」はサッパリと生きたい。都会派中流美人が直面する様々な事象を中野翠がスッキリと語るエッセイ集。

原田宗典著

吾輩ハ苦手デアル

キスにディスコに鮨屋に小説執筆。原田宗典の苦手なものはたくさんあってリンダ困っちゃう。なんだか勇気づけられるエッセイ。

林　望　著

東京珍景録

古さを温存するイギリスをよく知る、著者ならではの観察眼で発掘した珍景群を、面白がり名残を惜しみ、〝記録〟したエッセイ＆写真。

ビートたけし著

たけしの20世紀日本史

口に出せないことばかり。タブーまみれの現代史。おいらの集中講義を聞いてくれ。この百年の日本を再講釈する、たけし版日本史！

藤沢周平著

ふるさとへ廻る六部は

故郷・庄内への郷愁、時代小説へのこだわりと自負、創作の秘密、身辺自伝随想等。著者の肉声を伝える文庫オリジナル・エッセイ集。

藤原正彦著

数学者の言葉では

苦しいからこそ大きい学問の喜び、父・新田次郎に励まされた文章修業、若き数学者が真摯な情熱とさりげないユーモアで綴る随筆集。

福田和也著

人でなし稼業

虚妄や禁忌は残らずブッとばし、微温的甘ちゃん世相を一刀両断――。超過激毒舌辻説法、文庫化にあたり全篇「人でなし」を大増量ッ。

新潮文庫最新刊

群ようこ著
都立桃耳高校 ―神様おねがい!篇―
深夜放送に眠い目をこすり、創刊されたアンアンを読み、大福の誘惑に涙を浮かべるちょっと太めのロック少女の物語。書下ろし小説。

坂東眞砂子著
山妣(上・下)
直木賞受賞

山妣がいるてや。赤っ子探して里に降りて来るんだいや―明治末期の越後の山里。人間の業と雪深き山の魔力が生んだ凄絶な運命悲劇。

島田雅彦著
忘れられた帝国
「帝国」はぼくたちのこころの中にある――。十八で死んだ少年が帝国の記憶として語る、ノスタルジーあふれる「郊外」今昔物語。

久世光彦著
聖なる春
芸術選奨文部大臣賞受賞

クリムトの偽絵を描く男が出会ったのは、不幸の匂いを持つ女。待ち続ける二人。待てども来ぬ春を……。哀しくも静謐な愛の綺譚。

山口瞳著
行きつけの店
小樽、金沢、由布院、国立……。作家・山口瞳が愛した「行きつけの店」が勢揃い。味に酔い、人情の機微に酔う、極上のひととき。

小林信彦著
コラムの冒険 ―エンタテインメント時評1992~95―
映画、舞台、TVにラジオ……〈芸〉の現在を縦横に語って〈時代〉を鋭敏に活写する。コラムの至芸80連発、最強の〈面白さ〉指南。

新潮文庫最新刊

宮沢章夫著
わからなくなってきました

緊迫した野球中継で、アナウンサーは、なぜこう叫ぶのか。言葉の意外なツボを、小気味よくマッサージする脱力エッセイ、満載！

竹内久美子著
ＢＣ！な話
―あなたの知らない精子競争―

浮気も乱交もマスターベーションも、すべて遺伝子を後世に残すために必要な、ＢＣ（生物学的に正しい）な行為である――って本当？

米原万里著
魔女の1ダース
―正義と常識に冷や水を浴びせる13章―
講談社エッセイ賞受賞

魔女の世界では、「13」が1ダース!?　そう、世界には我々の知らない「常識」があるんです。知的興奮と笑いに満ちた異文化エッセイ。

秋山駿著
信長
野間文芸賞・毎日出版文化賞受賞

非凡にして独創的。そして不可解な男―信長。東西の古典をひもとき、世界的スケールで比類なき「天才」に迫った、前人未到の力業。

与謝野晶子著
鑑賞／評伝 松平盟子
みだれ髪

一九〇一年八月発刊。この時晶子22歳。まさに20世紀を拓いた歌集の全399首を、清新な「訳と鑑賞」、目配りのきいた評伝と共に贈る。

武者小路実篤著
お目出たき人

口をきいたことすらない美少女への熱愛。その片恋の破局までを、豊かな「失恋能力」の持主、武者小路実篤が底ぬけの率直さで描く。

新潮文庫最新刊

T・クランシー
村上博基訳
レインボー・シックス（3・4）
IRA過激分子の奇襲を受けたレインボーは、シドニー・オリンピックに仕掛けられた細菌兵器から人類を救うことができるのか！

R・ブラッドベリ
伊藤典夫訳
二人がここにいる不思議
死んで久しい両親を、レストランに招待した男、天国までワインを持っていこうとする呑んべえ領主に対抗する村人たちなど23短編。

M・H・クラーク
宇佐川晶子訳
小さな星の奇蹟
富くじで四千万ドルを当てた強運の持ち主アルヴァイラおばさんが探偵業に精を出す、ハートウォーミングなクリスマス・サスペンス。

池波正太郎著
堀部安兵衛（上・下）
因果に鍛えられ、運命に磨かれ、「高田の馬場の決闘」と「忠臣蔵」の二大事件を疾けた赤穂義士随一の名物男の、痛快無比な一代記。

安部龍太郎著
関ヶ原連判状（上・下）
天下を左右する秘策は「和歌」にあり！　決戦前夜、細川幽斎が仕掛けた諜略戦とは――。全く新しい関ヶ原を鮮やかに映し出す意欲作。

中島義道著
うるさい日本の私
バス・電車、駅構内、物干し竿の宣伝に公共放送。なぜ、こんなに騒々しいのか？　騒音天国・日本にて、戦う大学教授、孤軍奮闘！

コラムの冒《ぼう》険《けん》

—エンタテインメント時評 1992〜95—

新潮文庫　こ - 10 - 36

平成十二年一月一日発行

著者　小《こ》林《ばやし》信《のぶ》彦《ひこ》

発行者　佐藤隆信

発行所　株式会社 新潮社

郵便番号　一六二―八七一一
東京都新宿区矢来町七一
電話 編集部(〇三)三二六六―五四四〇
読者係(〇三)三二六六―五一一一
振替　〇〇一四〇―五―八〇八

価格はカバーに表示してあります。

乱丁・落丁本は、ご面倒ですが小社読者係宛ご送付ください。送料小社負担にてお取替えいたします。

印刷・株式会社光邦　製本・憲専堂製本株式会社

ISBN4-10-115836-3 C0195